JEU de goules

MONSTER HIGH,

CHEZ CASTELMORE :

PAR LISI HARRISON :

1. Monster High
2. RADicalement vôtre
3. Quand on parle du loup…
4. De vampire en pire

PAR GITTY DANESHVARI :

1. Meilleures goules pour la vie
2. Goules toujours !
3. Chair de goule
4. Jeu de goules

Ce livre est également disponible au format numérique

WWW.CASTELMORE.FR

JEU de goules

TOME 4

GITTY
DANESHVARI

TRADUIT DE L'ANGLAIS (ÉTATS-UNIS)
PAR PAOLA APPELIUS

ILLUSTRÉ PAR
DARKO DORDEVIC

CASTELMORE

Collection dirigée par Barbara Bessat-Lelarge

Vignettes réalisées par Chuck Gonzales

Titre original : ***Monster High : Ghoulfriends 'til the End***

Loi n° 49-956 du 16 juillet 1949 sur les publications destinées à la jeunesse

Dépôt légal : octobre 2014

ISBN : 978-2-36231-131-4

Castelmore
60-62, rue d'Hauteville – 75010 Paris
E-mail : info@castelmore.fr
Site Internet : www.castelmore.fr

Pour Edwin Shames, dit « la win ».
Il me tarde de t'envoyer ta première chat-teigne et de te faire découvrir mon momiaourt de la mort (à la chat-momie, un parfum qui donne des insomnies...)

Une soudaine bourrasque agita les branches fantomatiques du bois de zombifères qui bordait le campus, enveloppa la majestueuse façade de verre et d'acier de Monster High et s'engouffra dans le terrain de sport derrière les bâtiments. Un souffle d'air frais bienvenu dans la chaleur caniculaire qui réjouit la foule d'élèves en tenue de gymnastique alors que venaient de démarrer les douzièmes intercrasses de Monstrathlétisme.

— Bienvenue aux épreuves féminines de saut en clameur, rugit dans un porte-voix Mlle Sue Nami, conseillère principale des catastrophes et proviseur provisoire de l'école.

Sur le terrain, Venus McFlytrap, Robecca Steam, Rochelle Goyle, Scarah Scream, Cleo de Nile et Toralei Stripe se préparèrent, coiffées de casques aux couleurs de Monster High.

— La première concurrente pour cette épreuve récompensant la goule qui sautera le plus haut en criant le plus fort est Rochelle Goyle, gronda la massive femme aquatique en se tournant vers la petite gargouille de granit aux fines ailes blanches.

À l'annonce de son nom, Rochelle s'empressa de nouer sa longue chevelure rose et de repousser les mèches turquoise de sa frange pour saluer la foule, tel un dignitaire étranger en visite, faisant un tour complet sur elle-même avant de se diriger vers la ligne de départ. Quelques secondes après qu'elle eut vérifié une dernière fois son casque et se fut placée dans les starting-blocks, le signal du départ fut donné. Rochelle s'élança sur la piste de toute la vitesse de ses jambes et bondit dans les airs en hurlant à pleins poumons.

— Par ma chandelle verte, qui aurait cru que notre frêle Rochelle en avait autant dans le buffet ? murmura Robecca, tandis que des volutes de vapeur s'échappaient de ses oreilles cuivrées.

Fabriquée par son père à partir des pièces d'une machine à vapeur, la goule mécanique aux cheveux bleu et noir relâchait la vapeur chaque fois qu'elle était submergée par une émotion forte, que ce soit l'excitation, la peur ou la colère.

— Tu l'as dit, brocoli. Si seulement elle avait pu faire décoller un tout petit peu plus haut son corps de pierre, déplora la verte Venus, fille de la Plante.

La goule végétale aux longs cheveux verts et roses entreprit aussitôt d'étirer les muscles de ses jambes et de se chauffer la voix.

— Do-ré-mi-fa-sol-la-si-do, entonna-t-elle doucement alors que Mlle Sue Nami reprenait le mégaphone.

— Toralei Stripe et Cleo de Nile, vous êtes disqualifiées pour refus de désolidarisation. Veuillez quitter immédiatement la piste ! vrombit Mlle Sue Nami aux deux divas hautaines étroitement liées par le bras.

— *C'est incroyable*[*] que ces deux-là soient toujours bras dessus bras dessous ! s'étonna Rochelle, qui revenait vers ses amies.

— Elles sont persuadées de diminuer les risques de se faire enlever par les normies en se déplaçant ensemble, répondit Venus d'un air incrédule. C'est

---

[*] En français dans le texte. De manière générale, les italiques indiquent des répliques dans une langue étrangère à l'horroricain parlé par tous à Monster High. (*NdT*)

quand même dingue que tout le monde ait gobé à ce point cette histoire de normies.

Après la victoire de la banshee Scarah Scream dans l'épreuve de saut en clameur – quoi de plus naturel pour un esprit hurleur? –, les trois amies décidèrent qu'il était temps de localiser une autre goule, qui pourrait sans doute les aider à mettre un terme à cette période de sinistrose que connaissait l'école. Au milieu de la foule des monstres, elles se mirent donc en quête de la goule-araignée répondant au nom de Wydowna Spider.

—Les goules, à votre avis, est-ce que tout rentrera un jour dans l'ordre à Monster High? Notre école a-t-elle une chance d'être enfin un lycée normal? voire un peu ennuyeux, comme tous les lycées? demanda Robecca à Venus et Rochelle alors qu'elles dépassaient un duo de créatures marines en train de pratiquer des étirements.

—*Ma chérie,* j'aimerais tant te répondre par l'affirmative, dit la petite gargouille encore

casquée. Mais quand on songe à tout ce qu'il s'est passé depuis notre arrivée, j'en doute beaucoup. À commencer par cet horrible sortilège chuchoté à l'oreille des monstres par Miss Flapper qui a privé les professeurs et les élèves de leur libre arbitre ! *Quelle horreur !*

— Je dois reconnaître que ça n'a pas été facile de briser ce sort, se souvint Venus. Et dire que Miss Flapper s'en est tirée comme une fleur en prétendant avoir elle-même été sous l'influence d'un autre sortilège ! Tout le monde s'est fait enfumier !

— Que le grand cric me croque ! C'est vrai qu'ils ont aussitôt repris leur train-train comme si de rien n'était. Sac à papier, même l'apparition des chats blancs et des poupées de malheur porteuses de messages de mise en garde contre de mystérieux « ils » ne leur ont pas mis la puce à l'oreille, se remémora Robecca à haute voix.

— De quelle puce parles-tu ? s'enquit Rochelle avec curiosité.

— Saperlotte, Rochelle ! il ne s'agit pas d'une vraie puce, c'est juste une façon de parler, expliqua la fille mécanique avec un petit sourire narquois.

— Toutes ces façons de parler sont une vraie plaie.

— Il a fallu attendre qu'apparaissent un peu partout des graffitis au sujet de ces fameux « ils » pour que la sonnette d'alarme soit tirée. Et, bien évidemment, l'enlèvement du proviseur Santête a été la goutte d'eau qui a fait déborder l'arrosoir, précisa Venus.

— Ah ! sans oublier la lettre ! Cette lettre ridicule prétendant que le proviseur Santête avait été enlevée par les normies, et qu'ils ne la rendraient qu'en échange de la construction d'un mur autour de Salem, grommela Rochelle, indignée par l'absurdité de cette mystification.

— Pourtant, tout le monde y croit dur comme fer. Nous sommes pratiquement les seules à ne pas être tombées dans le panneau. Les autres n'ont pas le début d'un soupçon que Miss Flapper travaille pour une organisation secrète. Ils ne sont même pas au courant de l'existence de la SAAM ! Et nous ne sommes pas plus avancées, puisque nous ne savons toujours pas qui se cache derrière cet acronyme, ni quels buts ses membres poursuivent…, soupira Venus.

— Espérons que Wydowna nous l'apprendra, conclut Rochelle.

Quelques semaines plus tôt, l'agent spectral Ivan Mortimer avait en effet découvert Wydowna Spider, la fille d'Arachné, cachée dans le grenier de Monster High. Le trollicier l'avait de prime abord soupçonnée d'être une espionne à la solde des normies, mais il avait fini par croire à son histoire quand elle lui avait raconté qu'elle n'était qu'une passagère clandestine en manque d'instruction. Ce qui n'était, hélas, pas la vérité.

L'arachnide souple et longiligne à la peau noire comme l'onyx et aux cheveux rouges comme les flammes agita ses six bras et détourna les yeux (également au nombre de six) dès qu'elle vit approcher les trois amies.

—Nous savons ce que tu fais, Wydowna, attaqua Venus sans détour. Nous savons que tu es de mèche avec Miss Flapper et la SAAM. Ce que nous ne comprenons pas, c'est pourquoi tu fais ça.

—Je ne sais pas de quoi vous parlez, se défendit la goule-araignée, visiblement nerveuse.

—Arrête d'essayer de nous embobiner, Wydowna, ajouta Robecca à mi-voix.

—Je n'essaie pas de vous embobiner… Je ne sais vraiment pas ce que vous voulez dire, chuchota Wydowna en lançant des regards affolés à Shoo, sa mouche de compagnie géante.

—Tu as l'air si adorable, tellement sincère. Comment peux-tu tremper dans une histoire pareille ? Une société secrète qui considère

que certains monstres sont supérieurs à d'autres ? Ce ne sont pas des gens bien, et tu le sais, la houspilla Venus.

— Vous ne comprenez pas, balbutia Wydowna, qui fondit en larmes. J'ai d'abord cru qu'on m'avait envoyée ici pour aider les monstres. Pour le bien de notre communauté. Et puis j'ai lu certaines choses… des choses qui ne me plaisaient pas et que je ne comprenais même pas…

— Dis-nous qui se cache derrière la SAAM ! lui intima Venus, espérant obliger la jeune goule apeurée à leur avouer la vérité.

— Je ne peux pas. C'est trop dangereux.

— Tu dois nous le dire ! C'est l'avenir de tous les monstres de cette école qui est en jeu ! plaida Rochelle. *Je t'en crie*, Wydowna.

— Vous n'avez pas la moindre idée de la puissance qui est en face de vous, insista la goule-araignée.

— Dis-nous seulement qui ils sont ! On en fera notre affaire ! hurla Venus, dont les nervures commençaient à craquer.

— Vous n'y êtes pas du tout. Vous ne pourrez pas les arrêter ! s'écria Wydowna.

— Nous avons mis un terme aux chuchotements de Miss Flapper, et nous les arrêterons aussi, s'entêta Venus, très sûre d'elle.

— Vous ne voyez donc pas que tout ça fait partie du même plan ?

— Quel plan ? s'inquiéta Robecca, la vapeur lui sortant par les oreilles.

— Vous ne vous rendez pas compte de l'ampleur de cette affaire et vous ne savez pas depuis quand ce plan est en préparation, répondit Wydowna, alors qu'une sirène assourdissante entamait sa litanie.

Et, comme au cours d'une attaque aérienne, le mugissement sans fin de la sirène d'alerte disloqua la foule des monstres, qui refluèrent en masses confuses en se bousculant de terreur.

— Ceci n'est pas un exercice. Je répète, ceci n'est pas un exercice. Tous les élèves, ainsi que tout le personnel, sont tenus de gagner immédiatement le gymnase, dont les issues seront barricadées pour votre sécurité !

C'était la voix de l'inspecpeur-chef Margoton Bô, une grande momie dégingandée au visage robotoxé sans expression.

— Tous les élèves doivent immédiatement se rendre au gymnase ! Je répète : immédiatement !

La voix de l'inspecpeur-chef dominait le chaos qui s'était emparé de la foule ; tous fuyaient la piste de Monstrathlétisme en poussant des hurlements stridents, en battant des membres en tous sens, s'échangeant jusqu'à quelques coups de griffes au passage. Même s'ils ignoraient la raison de cette alerte, tous couraient comme s'ils avaient la mort aux trousses.

— Pas de temps à perdre en bavardages, on se dépêche ! Nous affrontons une crise ! Alerte garouge ! Ce n'est pas une alerte faune, ni une alerte ogre-ange ! Je répète : alerte garouge !

Les mots de l'inspecpeur-chef ne firent qu'amplifier l'hystérie et les élèves embrayèrent sur un sauve-qui-peut général comme des chauves-souris surprises par le soleil. Mais, à y regarder de plus près, tout le monde ne suivait pas à la lettre les instructions de la grande momie. Au milieu du tumulte, quatre goules refusaient de bouger. À la façon de l'œil d'un cyclone, elles demeuraient immobiles alors que l'agitation redoublait autour d'elles.

Robecca, Venus et Rochelle délimitaient une zone d'accalmie autour de Wydowna, qu'elles pressaient silencieusement de passer aux aveux. Visiblement nerveuse, Venus sentait ses pollens de persuasion commencer à lui monter au nez. Désireuse de les contrôler tant qu'ils ne lui étaient pas absolument indispensables, elle s'empressa de fermer les yeux et de respirer profondément. C'est alors qu'un objet mou lui heurta l'arrière du crâne. C'était le bras de Bruno Vaudou, une poupée de tissu grandeur nature.

— Frankie !!! Frankie !!! beuglait Bruno, qui chargeait à l'aveugle sur la pelouse.

— Bruno ! attrape ma main ! lui hurla en retour Frankie Stein, sa créatrice et l'objet de son amour, qui fonçait comme l'éclair sur le terrain.

— Wydowna…, commença Venus, mais sa voix fut rapidement couverte par l'organe de stentor d'un loup-garou impatient.

— Dégage de là, zombie ! rugit ce dernier en bousculant sans ménagement une pauvre créature ralentie pour l'écarter de son chemin. Pendant une alerte garouge, pas de pitié pour les lambins !

— Je vais te polliniser tous ces monstres un par un, si ça continue, menaça Venus, au comble de la frustration.

— Par mes boulons, tu n'auras jamais assez de souffle, marmonna Robecca à mi-voix alors que

deux démons d'Halloween les dépassaient, leurs grosses têtes orangées dodelinant violemment au-dessus de leurs corps minuscules.

—*L'inspecpeur-chef a dit ça, il faut le faire fissa!* chantaient les descendants du Cavalier Sans Tête.

—Regarde-les tous, Wydowna, reprit Venus un ton plus haut tout en s'efforçant d'ignorer les hurlements assourdissants de ses camarades de classe. C'est en partie ta faute…

—*J'ai une idée,* chuchota Rochelle à l'oreille de Venus avec son accent délicieusement scarisien. Il serait peut-être plus simple de polliniser seulement Wydowna. Tes pollens de persuasion l'obligeront à nous fournir les informations que nous désirons.

—Les arachnides sont naturellement immunisés contre les pollens de persuasion et, comme tu peux le constater, nous sommes aussi doués d'une ouïe très développée, répondit Wydowna, sans lever les yeux du sol.

Les vrilles de Venus se raidirent d'irritation tandis qu'elle devait affronter l'assaut de créatures la percutant de toutes parts dans leur fuite.

— Wydowna, *ma chérie*, poursuivit Rochelle avec une sincère gentillesse. Dis-nous qui se cache derrière tout ça. Nous savons que tu n'es pas une mauvaise goule.

Étrange déclaration s'il en était dans la bouche de la petite gargouille toujours très rationnelle. Elle qui privilégiait à tous les coups les faits aux sentiments. Mais, aux yeux de Rochelle, Wydowna était un cœur pur. Bien sûr, on l'avait découverte dans le grenier, où elle prétendait se cacher afin de pouvoir s'instruire. Et, oui, Rochelle savait aussi que la goule-araignée était de mèche avec Miss Flapper et une mystérieuse organisation secrète appelée la SAAM qui tentait de détruire Monster High. Pourtant, la petite goule de granit sentait intuitivement que Wydowna n'était pas leur ennemie.

—Nous devons connaître la vérité à propos de la SAAM si nous voulons les arrêter. Qui sont-ils ? Pour qui Miss Flapper et toi travaillez-vous ? plaida Venus, qui posa une main verte sur le bras noir et brillant de Wydowna.

—J'étais persuadée d'aider les monstres, répéta Wydowna, ses trois paires d'yeux toujours rivés sur l'herbe. Je les ai crus quand ils parlaient de protéger les générations futures et d'assurer un avenir meilleur à tous les monstres sur cette planète.

—Mais tu sais à présent que ce n'est pas le cas, et *il est temps* de rectifier le tir, l'implora Rochelle, dont les ongles tambourinaient machinalement contre sa jambe de granit.

—Je vous parie que les normies débarquent ! C'est pour ça que l'alerte a été lancée ! Courez, les monstres, sauvez-vous ! beugla Henry Lebossu, qui fonçait bosse la première vers le bâtiment principal de Monster High.

Robecca, Rochelle et Venus savaient que les normies n'avaient pas enlevé le proviseur Santête. Pas plus qu'ils n'avaient menacé d'emmurer Salem. Leur seul problème était qu'elles ne pouvaient rien prouver. Elles avaient besoin de Wydowna pour identifier les membres de la société secrète qui tirait les ficelles.

—Rochelle ! appela Deuce Gorgon, au milieu d'un essaim de créatures marines. Rejoins-nous ! Je viens d'entendre que les normies débarquent ! Ils vont essayer de capturer le plus grand nombre de monstres !

—Elle arrive dans une minute, lui répondit très naturellement Venus, à la grande surprise de son camarade.

—Mais, mais..., bégaya Deuce derrière les lunettes noires qui ne le quittaient jamais.

—À tout à l'heure, Deuce, ajouta Venus

avec un petit salut amical en direction du garçon à la crête de serpents, qui disparut, avalé par la foule.

—Nom d'une pipe en bois, Wydowna ! c'est le moment de cracher le morceau ! Tu peux mettre un terme à tout ça avant qu'il ne soit trop tard ! s'écria Robecca, qui dut enclencher la manette de ses bottes-fusées et s'élever dans les airs pour éviter un loup-garou survolté qui fonçait droit sur elle.

—Je crains qu'il ne soit déjà trop tard, répondit Wydowna en secouant la tête.

—Il n'est jamais trop tard pour bien faire ! *Impossible n'est pas scarisien !* répliqua la petite gargouille avec conviction, tandis que Robecca reprenait contact avec le sol.

—La SAAM est une société puissante, avec des ramifications que vous ne pouvez pas imaginer et des taupes partout. Ils sont prêts à tout pour défendre la hiérarchie des monstres en laquelle ils croient. Vraiment à tout.

— Quoi qu'ils préparent, laisse-nous au moins une chance de sauver notre proviseur, notre école et notre ville, la supplia Rochelle.

Wydowna releva la tête et plongea ses six yeux dans ceux de nos trois goules, s'apprêtant à parler. Rochelle, Robecca et Venus en frémissaient d'avance, car la goule-araignée était sur le point de leur révéler la vérité.

— La SAAM est…, eut juste le temps d'articuler Wydowna avant d'être emportée à toute berzingue par une meute de vampires hystériques.

La peau d'onyx de Wydowna était facilement repérable dans la mer des monstres livides, mais ils gagnèrent de la vitesse et les trois amies la perdirent de vue.

— Je vais les suivre par la voie des airs ! proposa Robecca en se penchant sur ses bottes afin d'allumer ses fusées.

— Pas la peine de gaspiller ton carburant, l'arrêta Venus, qui se mit en mouvement. Nous savons où elle va : il n'y a qu'à suivre les autres.

— Espérons seulement que Wydowna n'aura pas changé d'avis entre-temps et nous révélera qui est derrière la SAAM, soupira Rochelle.

Dans le couloir principal de Monster High, Robecca, Rochelle et Venus trouvèrent la foule des élèves mollement avachie contre les murs de couleur verte et les casiers roses en forme de cercueil. Au-dessus de leur tête, des grappes de chauves-souris suspendues dans les poutres dormaient du sommeil du juste, parfaitement ignorantes du chahut qui régnait en contrebas. Dans le grand hall, dressée sur le sol brillant carrelé de dalles mauves, une immense pancarte en forme de pierre tombale rappelait aux élèves qu'il était interdit de hurler, de muer, de se reboulonner et de réveiller les chauves-souris. Balayant du regard leurs camarades affalés aux yeux emplis de peur, Robecca, Rochelle et Venus cherchèrent Wydowna, sans trouver aucune trace de la goule-araignée.

— Où est-elle donc passée ? Avec six bras et sa chevelure flamboyante, elle ne devrait pas être difficile à trouver, grogna Venus tandis qu'elles se rapprochaient du gymnase.

— Wydowna a été entraînée par une bande de vampires extrêmement rapides. Elle est peut-être déjà à l'intérieur, déclara Rochelle en fronçant les sourcils. En tout cas, je l'espère.

— Nous étions tellement près du but. Si seulement ces vampires n'étaient pas arrivés, déplora Robecca, qui tapa rageusement d'un pied botté de cuivre sur le sol dallé.

— Robecca, appela une voix douce depuis un coin faiblement éclairé du couloir.

— Cy ! s'exclama joyeusement la goule mécanique en ouvrant grand les bras pour le serrer contre elle.

— Je t'ai cherchée partout. J'avais peur que tu sois froissée et cabossée avec tous ces monstres qui couraient partout comme si les normies allaient nous envahir, dit le jeune cyclope en tapotant le dos de Robecca.

— Est-ce que tu essaies de faire de l'humour, Cy? demanda Venus avec un sourire narquois, tout en lui faisant signe de les suivre vers le gymnase.

— C'était en effet l'idée, mais tu sais que les cyclopes ne sont pas plus réputés pour leur sens de l'humour que pour leur profondeur de vue, répondit le garçon timide en lançant des œillades furtives en direction de Robecca.

— Jarnicoton ! tu ne peux pas savoir combien je suis contente de voir ton œil unique en un seul morceau. Avec toutes ces créatures qui fonçaient comme des dingues dans tous les sens, j'étais presque certaine que tu aurais reçu une branche ou un caillou perdu.

— Je n'en reviens toujours pas de l'état dans lequel les ont mis une sirène et un code d'alerte garouge. Mais c'est vrai, si j'étais persuadé que les normies menaçaient de nous emmurer, je crois que je serais nerveux moi aussi, murmura le jeune cyclope.

— Cy, tu seras heureux d'apprendre que nous avons convaincu Wydowna de nous révéler qui se cache derrière la SAAM, annonça Rochelle en pianotant nerveusement de ses griffes les unes contre les autres. Mais, pour cela, nous devons d'abord la retrouver.

Dès qu'ils entrèrent dans le gymnase, Cy, Robecca, Rochelle et Venus parcoururent la foule dense des monstres serrés les uns contre les autres sur le plancher de bois ciré du terrain de basket funéraire à la recherche de Wydowna.

— Moi qui n'aime déjà pas dormir la porte fermée, comment est-ce que je pourrais vivre derrière un mur ? J'ai besoin de liberté et de grands espaces pour nager dans la mer. Un monstre marin derrière une digue, c'est comme un loup-garou sans poils ou un vampire végétarien, se plaignait Lagoona Blue à son petit ami intermittent, le monstre d'eau douce Gil Webber.

— Hé, qu'est-ce que tu as contre les vampires végétariens ? protesta Draculaura.

— Que dalle, meuf. Désolée, mauvais exemple, répondit Lagoona, qui se mordait les nageoires d'avoir gaffé.

Alors que les quatre amis dépassaient le petit groupe, ils furent aspergés par une légère bruine. C'était le signe de l'arrivée imminente de leur proviseur provisoire, Mlle Sue Nami.

— Dégagez le passage, entités scolaires, aboya la femme aquatique, qui affluait à grands pas pour rejoindre l'inspecpeur-chef Margoton Bô, plantée au milieu du terrain. Que se passe-t-il, m'dame ?

— Je suis votre supérieure, et je vous prierai d'éviter ce genre de familiarités, grommela la grande momie, avant de s'emparer de son porte-voix.

— Tous les élèves en file indienne devant moi, je ne veux voir qu'une tête, vociféra l'inspecpeur-chef alors que l'agent spectral Mortimer arrivait à pas lents dans le gymnase.

Après avoir respectueusement salué l'agent spectral de la tête, l'inspecpeur-chef Margoton Bô regarda les élèves former une longue queue sinueuse sur le terrain de basket funéraire.

— Vous allez maintenant vous compter un par un, en commençant par vous, annonça-t-elle dans le mégaphone pendant que Cy, Robecca, Rochelle et Venus tendaient le cou en vain pour essayer de repérer Wydowna.

— *C'est-y donc à moi que vous parlez ?* entonna nerveusement un démon d'Halloween au corps fluet et à la tête de citrouille plus ou moins cabossée à cause de la bousculade, alors que le doigt de l'inspecpeur-chef se plantait sur lui.

— Je n'admettrai aucune interruption, créature, répondit Margoton d'un ton glacial, et elle lui fit de nouveau signe de se compter.

— Un, couina faiblement le démon d'Halloween en serrant très fort contre lui la grenouille-taureau qui lui servait d'animal de compagnie.

Bizarrement, la plupart des démons d'Halloween de Monster High affectionnaient ces créatures, qui demandaient peu d'entretien et constituaient naturellement de parfaits métronomes.

— Pourquoi *cette chose* en premier ? feula Toralei, la chatte-garou, en agitant sèchement les oreilles.

Toralei portait de longues chaussettes blanches qui lui arrivaient aux genoux, des baskets compensées et une robe cloutée, tenue peu adaptée aux intercrasses de Monstrathlétisme.

— Cette « chose » ? marmotta le jeune démon d'Halloween entre ses dents, visiblement soufflé de la façon dont Toralei parlait de lui.

— Je pense que nous sommes tous d'accord que la première place me revient forcément, ronronna la chatte-garou, en tirant sur le bras de Cleo entrelacé au sien.

Si les deux divas de l'école étaient en effet liées l'une à l'autre, c'était par mesure de sécurité pour dissuader les normies de s'en prendre à leurs augustes personnes. Cette idée saugrenue avait pris forme après la disparition du proviseur Santête dans l'esprit de Ramses de Nile, père de Cleo, inquiet que sa fille devienne la cible de normies obsédés par la lignée royale de sa famille. Il avait ainsi décidé que Cleo et Toralei ne se quitteraient plus d'une bandelette, fort du principe que deux goules sont plus difficiles à kidnapper qu'une seule.

—Ai-je bien entendu, Toralei Stripe ? dit très lentement l'inspecpeur-chef Margoton Bô, qui détacha chaque syllabe pour bien montrer ce qu'elle pensait de cette interruption.

—Oui, ai-je bien entendu ? répéta Cleo, pour des raisons très différentes.

—Je m'en occupe, intervint Mlle Sue Nami, et elle se tourna vers Toralei.

—Entité scolaire connue sous le patronyme de Toralei Stripe, si vous ne voulez pas qu'une boule de poils obstrue votre larynx de manière définitive, je vous suggère de fermer votre boîte à sardines et de vous compter !

—Deux, se rendit Toralei, vexée, en levant les yeux au ciel.

— Trois, dit Cleo, qui rajusta sa tenue de Monstrathlétisme en gaze bleue rehaussée de strass étincelants.

— Quatre, poursuivit Frankie tout en tripotant nerveusement sa queue-de-cheval noir et blanc.

Et ainsi de suite se comptèrent les élèves : cinq, vingt-huit, cent…

— Trois cent un, prononça Robecca, dont la vapeur sortait à la fois des oreilles et du nez.

Il n'y avait toujours trace de Wydowna nulle part.

— Trois cent deux, continua Rochelle d'un ton résolument lugubre.

— Trois cent trois, dit Venus à son tour, les vrilles raidies de tension.

Lorsque l'inspecpeur-chef Margoton Bô arriva au dernier élève de la file, un soupçon de joie apparut dans ses yeux.

— Trois cent vingt-neuf, grommela un jeune vampire depuis le fond du gymnase.

—Excellent. Il ne manque personne, déclara fièrement la momie trollicière tout en cochant les documents sur son écritoire à pinces.

—Je crois que vous avez oublié que Monster High compte depuis peu une nouvelle entité scolaire. La goule que nous avons trouvée dans le grenier, lui rappela Mlle Sue Nami le plus délicatement possible.

—Wydowna Spider, si vous êtes présente, je vous prie de lever une de vos six mains, intervint l'agent spectral Mortimer en même temps qu'il fouillait la foule des yeux. À ce qu'on dirait, Margoton, la goule n'est pas ici, conclut-il.

—Ça ne s'arrêtera donc jamais ? grommela Venus, tordant ses mains vertes de nervosité.

—Elle s'est peut-être arrêtée à la cafétorreur parce qu'elle avait faim ? suggéra Robecca en désespoir de cause.

—Ce n'est pas strictement impossible, mais c'est très improbable, lui répondit Rochelle, accablée par l'idée qu'elles avaient manqué de si peu de découvrir la vérité.

— Pas goules à six bras ! Pas d'araignée ici ! grogna un troll tout en se dandinant vers Mlle Sue Nami, ses longs cheveux gras ondulant derrière lui.

— L'absence d'une entité scolaire est un gros problème, rugit Mlle Sue Nami, qui se tourna vers l'inspecpeur-chef Margoton Bô. Et si vous me disiez maintenant pour quelle raison vous avez déclenché l'alarme et vous nous avez rassemblés ici ? Si une nouvelle catastrophe se profile à l'horizon, je suis en droit d'être informée.

— Je déteste qu'on me bouscule, mademoiselle Sue Nami, rétorqua sèchement la grande momie d'un ton hautain.

— Ce n'était pas mon intention, m'dame. Je suis seulement inquiète pour cette goule, expliqua la femme aquatique.

—Ne vous ai-je pas déjà demandé de ne pas m'appeler ainsi ? la tança l'inspecpeur-chef.

—Je vous prie de m'excuser, m'dame.

—Vous venez de recommencer !

—En effet, et vous m'en voyez navrée. C'est comme cela que j'avais l'habitude de m'adresser au proviseur Santête, et c'est très difficile pour moi de changer mes habitudes, s'excusa Mlle Sue Nami.

—Eh bien, faites un effort.

—Oui, m'dame... argh... je veux dire..., bégaya la femme aquatique.

—Oh, laissez tomber ! Je n'ai pas de temps à perdre avec ces vagueries ! s'énerva l'inspecpeur-chef.

—Je vais demander à mes hommes de passer le terrain au peigne fin. Wydowna s'est peut-être perdue. Elle est nouvelle ici, déclara l'agent spectral Mortimer à l'inspecpeur-chef Margoton Bô, avant de quitter le gymnase.

— Il fallait que ça tombe sur elle, déplora Robecca en secouant la tête.

— Bah, nous pourrrons au moins dorrrmirrr dans sa chambrrre sans être dérrranchées, fit remarquer Rose Van Sangre à Blanche, sa sœur jumelle.

— Une bonne petite sieste, on ne demande rrrien d'autrrre.

— Le règlement des dortoirs stipule que les élèves doivent dormir dans les chambres qui leur ont été attribuées, déclara Rochelle aux jumelles vampires de Bohème d'un ton autoritaire.

— Pas la peine de gaspiller ta salive, Rochelle. Ces deux-là n'écoutent jamais rien. Le bon côté de la chose, c'est au moins qu'elles ne viendront pas rôder du côté de notre chambre ce soir, soupira Venus avec lassitude.

— L'alinéa 5.8 du Code éthique des gargouilles m'oblige à informer quiconque est dans l'erreur. Et il n'y a pas de risque que je gaspille ma salive, Venus. Nous déglutissons deux fois par minute, de jour comme de nuit, et sommes capables de produire plus d'une demi-tonne de ce liquide par an, répondit Rochelle tandis que l'agent spectral Mortimer revenait dans le gymnase, l'air maussade.

— Wydowna Spider demeure introuvable, cria-t-il dans le mégaphone spécial traduisant ses paroles de la langue zombie à l'horroricain dont il faisait usage pour s'assurer que tout le monde le comprenait.

— Elle a peut-être fait une fugue ? Après tout, c'était visible comme un fantôme en plein soleil qu'elle n'était pas faite pour Monster High, claironna Toralei.

— Et, comme dit ma tante Neferia, avec six mains, les arachnides sont toujours en train de vous jouer un sale tour derrière votre dos, ajouta Cleo.

— Et toutes les deux vous êtes comme un souffleur de feuilles par un jour de grand vent, grommela Venus à l'attention des deux divas.

— C'est une blague recyclée, c'est ça ? demanda Toralei avec un regard mauvais.

— Et elle se croit féline, souffla Robecca entre ses dents.

— Excusez-moi, agent spectral, mais avez-vous regardé dans les classes ? dans sa chambre du dortoir ? au grenier ? demanda Cy.

— Nous avons inspecté chaque centimètre carré de cet établissement et elle n'y est pas. Il est toujours possible qu'elle ait fait une fugue. Mais, à la lumière de l'enlèvement du proviseur Santête, nous sommes évidemment inquiets. Les normies ont peut-être voulu faire monter les enchères en enlevant un autre monstre pour nous montrer qu'ils ne plaisantent pas avec le mur.

— Pour être sérieux, ils le sont ; c'est pourquoi j'ai sonné l'alarme, expliqua l'inspecpeur-chef Margoton Bô d'un ton sinistre. Un de nos parents d'élève les plus dignes de confiance a rendu visite au maire des normies, et vous ne croirez jamais ce qu'il a vu…

— Qu'a donc vu ce parent, m'dame ? la pressa Mlle Sue Nami tandis que la foule retenait son souffle.

— Des plans du mur et un monstrannuaire de Monster High, où certaines photos étaient encerclées, révéla la grande momie.

— Ce parent pense que les photos encerclées étaient les cibles de prochains kidnappings, précisa l'agent spectral Mortimer.

— Ainsi et jusqu'à nouvel ordre, les activités de plein air devront être réduites au strict nécessaire, déclara Margoton sur un ton péremptoire.

— *Excusez-moi ?* s'enquit très poliment Rochelle. Pourrions-nous voir le monstrannuaire ? Nous aimerions vérifier que la photo de Wydowna était encerclée.

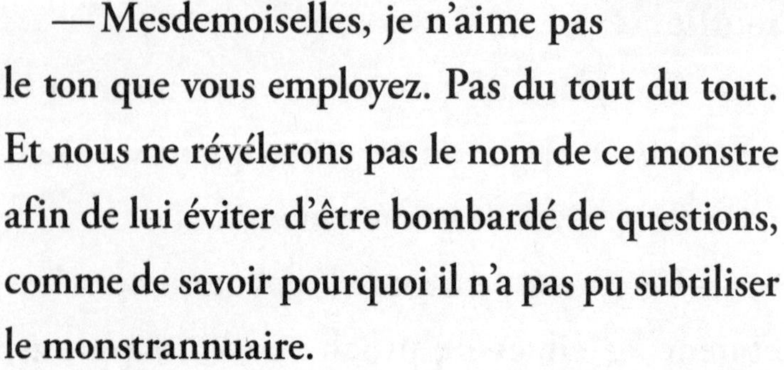

— Et qui était le parent d'élève qui a rendu visite au maire des normies ? ajouta Venus avant que l'inspecpeur-chef ait eu le temps de répondre à Rochelle.

— Mesdemoiselles, je n'aime pas le ton que vous employez. Pas du tout du tout. Et nous ne révélerons pas le nom de ce monstre afin de lui éviter d'être bombardé de questions, comme de savoir pourquoi il n'a pas pu subtiliser le monstrannuaire.

— Quelqu'un devrait peut-être retourner dans le bureau du maire normie pour jeter un coup d'œil à ce monstrannuaire, suggéra Robecca sans réfléchir, avant de se rappeler qu'il ne *pouvait pas* y avoir de monstrannuaire puisqu'elle *savait* que les normies n'étaient pas dans le coup.

— Entité scolaire, je pense que c'est une excellente idée, approuva Mlle Sue Nami, gratifiant Robecca d'un clin d'œil entendu.

—Je n'apprécie guère qu'un subalterne, de surcroît embué et ridé, me dise ce que j'ai à faire, répliqua aussi sec l'inspecpeur-chef Margoton Bô.

—Avec tout le respect que je vous dois, m'dame, je préfère encore être embuée et ridée que robotoxée au point d'être incapable de montrer un visage différent pour exprimer la terreur ou la joie, rétorqua la femme aquatique, qui se rapprocha lentement de la momie trollicière.

—*La momie contre la Nami, c'est meilleur que le salami*, se mirent à chanter quelques démons d'Halloween alors que les deux forces de la nature marchaient l'une vers l'autre d'un air guerrier.

—Qu'est-ce que c'est que ce délire ? Le combat des titans à la mode Far West ? murmura Venus, atterrée.

—Ces deux-là sont comme l'huile et l'eau : elles ne peuvent pas se mélanger, dit Cy en secouant la tête devant cette scène ridicule.

— Inspecpeur-chef Margoton Bô ? Mademoiselle Sue Nami ? Je suis certaine que je n'ai pas besoin de vous rappeler que vous vous donnez en spectacle devant tous nos élèves, intervint Miss Flapper de sa voix toujours angélique. Je pense qu'il serait bon de vous séparer et que chacune d'entre vous se place dans un coin opposé de la salle afin de se rafraîchir les idées.

— Je n'aurais jamais cru dire cela un jour, mais je suis d'accord avec *Mlle* Flapper. C'est un conseil très avisé, chuchota Rochelle à ses amis.

— Quant à cette idée d'aller prendre le monstrannuaire dans le bureau du maire des normies, je crois que c'est beaucoup trop risqué, poursuivit la femme-dragon européenne flanquée de ses deux fidèles supportrices, la goule-dragon de Sanghai Jinafire Long et la *calaca* stressxicaine Skelita Calaveras. Cela pourrait mettre le feu aux poudres et pousser les normies à je ne sais quelle extrémité. De plus,

Wydowna était très solitaire. Elle est peut-être partie de son plein gré.

— Il fallait s'y attendre ! Elle ne veut pas qu'on la cherche ! Cette femme est vraiment vénéneuse, grommela Venus.

— M'dame, puisqu'il est décidé que nous devons rester à l'intérieur, je propose que tout le monde retourne en cours. Vous savez que nous devons nous efforcer de maintenir un environnement aussi normal que possible pour nos élèves, déclara Mlle Sue Nami d'un ton radouci qui était la preuve de sa volonté d'apaisement. Mais nous continuerons à retourner chaque pierre pour retrouver l'élève qui manque à l'appel.

— Je suis au regret de vous dire, mademoiselle Sue Nami, que je ne me sens pas capable de reprendre le travail aujourd'hui. Toute cette agitation a eu raison de mes forces. N'oubliez pas que la mort est déjà épuisante, sans parler du

fait d'être moi *en plus* d'être décédé, se lamenta M. Mort, le conseiller de gore-ientation, dans un long soupir déprimé.

— Entités scolaires, que tout le monde reprenne son emploi du temps habituel, ordonna Mlle Sue Nami à la foule.

— Je dois aller au laboratoire des Sciences complètement folles et délirantes le plus vite possible ! Il va me falloir apprendre à fabriquer moi-même mes produits capillaires, se lamenta Clawdeen, qui se dirigeait vers la sortie tout en glissant ses griffes dans ses boucles auburn super brillantes.

— Alors, on baisse les bras ? Nous allons accepter de nous laisser emmurer par les normies ? demanda Skelita à la ronde, tandis que Miss Flapper hochait la tête.

— Ce n'est ni le moment ni l'endroit pour discuter de la réponse que nous donnerons aux normies, la rabroua sèchement l'inspecpeur-chef.

La femme au visage figé joignit le geste à la parole et quitta le gymnase à grandes enjambées raides, signifiant sans appel que le sujet était clos.

ZZZ

L'arôme épicé des bouh-chées à la peur accueillit Robecca, Rochelle et Venus quand elles entrèrent dans la cafétorreur à l'heure du dîner.

—Ah! enfin un truc qui se passe comme je veux aujourd'hui. J'adore la cuisine de Sanghai, s'écria Venus avec enthousiasme.

—Même si j'adore moi aussi les bouh-chées à la peur de Sanghai, il n'y a pas de quoi se réjouir. Nous ne savons toujours pas qui se cache derrière la SAAM. Et nous devons le découvrir si nous voulons dénoncer la menace normie pour ce qu'elle est en réalité – une ruse destinée à nous manipuler – et retrouver le proviseur Santête et Wydowna, décréta Rochelle d'un ton docte, comme les trois goules prenaient place à leur table.

— Tu viens de faire exploser ma bulle, grommela Venus dans ses fanes.

— Je n'ai jamais fait une chose pareille. Comment l'aurais-je pu ? Il n'y avait aucune *bulle* dans les parages, rétorqua la petite gargouille.

— Vous vous rappelez cette liste de noms que nous avons trouvée cachée sous une latte du plancher du grenier ? demanda Venus à ses amies.

— Oui, et alors ? répondit Robecca.

— Eh bien, les goules, vous ne pensez pas qu'il pourrait s'agir de la liste des membres de cette société secrète ? suggéra Venus, un peu effrayée.

— Bon sang de bois, Venus ! le nom de mon père figurait sur cette liste ! Tu ne penses quand

même pas que mon père, disparu depuis plus d'un siècle, pourrait être mêlé de près ou de loin à cette horrible société qui essaie de détruire Monster High ! sanglota Robecca, la vapeur lui sortant par les oreilles.

— Non, non, bien sûr que non, se corrigea aussitôt Venus. J'avais oublié que ton père et le proviseur Santête étaient sur cette liste. Ces deux-là ne peuvent pas être impliqués dans une affaire aussi sinistre.

— *Ma chérie*, intervint Rochelle, recouvrant de sa main celle de Robecca. Ton père ne fait évidemment pas partie de cette société. D'un point de vue strictement logique, c'est impossible. M. Momie nous a assuré qu'il n'avait entendu parler de l'existence d'une société secrète prônant la hiérarchie des monstres nulle part ailleurs que dans l'Ancien Monde. Or tous ceux qui apparaissent sur la liste vivent en Horrorique.

—Mais que signifie cette liste, alors ? Et pourquoi les noms du proviseur Santête et de ton père étaient-ils encerclés ? questionna Venus sans vraiment attendre de réponse en enfournant une bouh-chée.

—Je n'en sais rien. Et il y a autre chose que j'ignore. Où est Penny ? Par mes boulons ! Elle va encore faire la tête ! Vous savez comme elle devient grognon quand je l'oublie quelque part ! se lamenta Robecca, qui bondit de sa chaise, très inquiète pour son pingouin mécanique.

—*Reste assise,* répliqua Rochelle avec un sourire moqueur. Penny est très certainement en train de taper sur la tête de la plante carnivore complètement myope et toujours affamée de Venus à l'heure où nous parlons. Autrement dit, elle est dans notre chambre en compagnie de Roux et de Chewlian.

—Dieu merci ! J'ai failli couler une bielle. Je ne me voyais pas affronter un pingouin grognon

après la journée que nous venons de passer, s'exclama Robecca en poussant un soupir de soulagement.

Plus tard cette nuit-là, bien après minuit, le ciel prit une teinte magique d'un beau violet profond. Ce qu'aucun élève de Monster High ne vit, car ils avaient depuis longtemps tous sombré dans le sommeil. Mais, sous les reflets de ce ciel, une chose des plus étranges se produisit.

Alors que nos trois goules profondément endormies dans leurs lits rêvaient respectivement d'huile antirouille, de vêtements haute couture et de champs de fleurs sauvages, elles reçurent la visite d'un curieux personnage. Bien que différent d'apparence dans le rêve de chacune, ce personnage prit les traits de Wydowna Spider pour leur rappeler que quelque part, dehors,

une goule avait besoin d'elles. Une goule qui s'était retrouvée dans le mauvais camp et que l'on avait manipulée pour lui faire accomplir des choses auxquelles elle ne croyait pas. Une goule qui voulait se racheter. Une goule dont le salut reposait entre leurs mains de cuivre, leurs griffes de granit et leurs vrilles.

Plusieurs heures plus tard, alors que le soleil se levait sur la forêt de zombifères, une seconde chose étrange arriva. Rochelle sortit du sommeil d'un seul coup, persuadée qu'il était l'heure du lever. C'était Robecca d'habitude, et son horloge interne déréglée, qui était sujette à ce type de confusion. Ce matin-là pourtant, Rochelle s'éveilla aux aurores et s'assit dans son lit, les yeux brillants, bien décidée à conquérir le monde. Vous imaginez sa surprise quand son

regard tomba sur le réveil et qu'elle se rendit compte qu'il était trop tôt de deux heures. Elle songea aussitôt à Wydowna. Sans se souvenir de son rêve, la petite gargouille éprouvait plus que jamais le sentiment d'urgence qu'il était de son devoir de retrouver la goule-araignée.

— Debout, les goules ! *Réveillez-vous !* Je viens d'avoir une idée ! Un moyen de retrouver Wydowna ! s'exclama Rochelle avec animation tout en se levant d'un bond.

Roux, son petit griffon-gargouille toujours prêt à manifester son éternelle bonne humeur, sauta également sur le plancher et se mit à

caracoler autour des délicats pieds de granit de Rochelle. La charmante petite créature ne manquait jamais de tirer un sourire joyeux à sa maîtresse.

— Robecca ! Venus ! *Réveillez-vous !* Vous m'entendez ? J'ai dit : « debout ! » Du travail nous attend, ordonna Rochelle à ses deux amies d'un ton autoritaire. Et l'alinéa 4.7 du Code éthique des gargouilles stipule qu'il ne faut jamais remettre à plus tard le fait d'aider son prochain.

— Mmm, marmonna Venus encore à moitié endormie sous son masque oculaire en paille recyclée, ses cheveux rose et vert emmêlés étalés autour d'elle. Je viens de faire un drôle de rêve à propos de Wydowna.

— Sapristi ! tu me fais grincer des engrenages ! s'écria Robecca, qui s'assit dans son lit. Moi aussi, j'ai rêvé de Wydowna. Et vous savez quoi ? Elle n'avait que trois bras dans mon rêve. C'était vraiment bizarre, deux à gauche et un à droite. Je dois avouer que c'était une vision très troublante. Les membres vont beaucoup mieux par paires, vous ne trouvez pas ?

— On peut en discuter plus tard ? grommela Venus en leur tournant le dos.

À court de patience, Rochelle se planta devant son amie, lui retira son masque et regarda la goule encore somnolente dans les yeux.

— Venus, j'ai une idée pour retrouver Wydowna, mais nous devons nous dépêcher ou sa piste aura disparu ! expliqua vivement la petite gargouille.

— Qu'est-ce qu'on attend ? Nous devons la retrouver ! Pas seulement parce qu'elle le mérite, mais aussi parce qu'elle est la seule qui puisse nous aider à démasquer cette société secrète, s'enthousiasma Robecca en se levant d'un bond, au grand dam de Penny, qui affichait une mine plus revêche que jamais.

—*Merci bouh-coup,* Robecca. Enfin quelqu'un qui répond de façon positive, ce matin, la félicita Rochelle, avant de lancer un regard glacial à Venus.

—C'est quoi ton plan, Roland? demanda Robecca, qui se reprit aussitôt. Oui, je sais que tu ne t'appelles pas Roland.

—En effet, mais c'est le prénom d'un de mes bons amis à Scaris. Roland est président de la Ligue étudiante des règles et règlements, répondit fièrement Rochelle. Je dois t'avouer que j'ai toujours été un peu jalouse de lui.

—Les gargouilles et leurs règlements... je ne tige vraiment pas, marmotta Venus entre ses vrilles.

—Bref, revenons à Wydowna, poursuivit Rochelle. Vous connaissez l'histoire du Petit Frousset qui sème des miettes de pain dans la forêt pour retrouver son chemin?

— Tu nous réveilles à 6 heures du matin pour nous parler du Petit Frousset ? maugréa Venus.

— Et si Wydowna avait fait la même chose avec sa toile ? Elle a pu semer des fils de soie derrière elle pour nous mener à l'endroit où elle est retenue prisonnière, suggéra Rochelle, les yeux brillants d'excitation.

Venus se redressa instantanément dans son lit et repoussa ses draps de bandelettes.

— Nous devons faire vite. Plus le temps passe, plus ses fils de soie risquent de disparaître ou d'être emportés par le vent, répondit la goule végétale, prenant très au sérieux l'idée de son amie de granit.

— Mais qu'est-ce qui nous dit que Wydowna est toujours dans l'enceinte de l'établissement ? questionna Robecca.

— Rien du tout. Ils ont pu l'emmener n'importe où. Mais elle a disparu si rapidement,

je parie qu'elle n'est pas loin. Peut-être au même endroit où le proviseur Santête est elle aussi retenue prisonnière, conjectura Venus tout en enfilant des vêtements par-dessus son pyjama.

—Je suis entièrement d'accord avec toi, le temps presse, mais je crois que nous pouvons prendre celui de nous habiller correctement et de nous brosser les dents, la réprimanda Rochelle. Tu sais ce que dit le Code éthique des gargouilles…

—Non, mais tu vas nous l'apprendre, l'interrompit Robecca avec un sourire.

Une fois lavées et habillées, les trois goules se glissèrent en catimini dans le couloir des dortoirs, franchirent à pas de loup le rideau de toile d'araignée et descendirent sur la pointe des pieds l'escalier de mortifer forgé en s'efforçant de ne pas le faire grincer – tâche particulièrement délicate pour Rochelle, dont le corps de granit était bien plus massif qu'il n'en avait l'air. Une fois en bas, elles traversèrent le grand hall et quittèrent rapidement le bâtiment pour se diriger à pas vifs vers la piste de Monstrathlétisme.

— Bon. Wydowna se tenait à peu près ici la dernière fois que nous l'avons vue, décréta Venus, plantée au milieu de la pelouse.

— Et les vampires couraient en direction de l'école, ajouta Rochelle.

— Ce qui veut dire qu'ils ont certainement emprunté le chemin le plus direct, précisa Robecca, qui s'élança dans l'allée principale.

— Je ne vois pas de toile d'araignée pour l'instant, dit Venus, les yeux rivés sur l'herbe. Mais ça ne m'étonne pas avec tous les monstres qui ont piétiné la pelouse après elle.

Robecca, Rochelle et Venus parcoururent lentement le terrain et remontèrent l'allée principale, scrutant le sol à la recherche du moindre filament argenté. Hélas ! elles n'en trouvèrent pas l'ombre.

— Tout n'est pas encore perdu. Ils se sont peut-être emparés d'elle à l'intérieur, tenta de positiver Robecca.

Après un crochet par la chambre des Horreurs et des Pleurs pour récupérer leurs petits amis, les trois goules reprirent leurs recherches. Elles commencèrent par le laboratoire des Sciences complètement folles et délirantes, continuèrent par la salle d'étude, la bibliorreur et les catacombes. Mais les

seules toiles d'araignées qu'elles aperçurent étaient couvertes de poussière.

—*Je t'en crie*, Venus ! Empêche Chewlian de manger cet harmomica, demanda Rochelle à la goule végétale tandis qu'elles inspectaient la salle de musique.

—Chewlian ! pas les instruments ! Qu'est-ce qu'on avait dit ? Tu avais le droit de venir à condition de promettre de ne rien manger... ni de mordre personne, le gronda Venus, amusée.

—Je ne comprends toujours pas pourquoi vous avez tenu à aller chercher nos animaux de compagnie, déplora Rochelle.

—Nom d'un petit bonhomme ! Rochelle, nos petits amis ont besoin de distraction et ils aiment qu'on les emmène avec nous. Regarde Roux, elle a l'air ravie d'être ici, répliqua Robecca.

—Certes, mais Roux est toujours ravie. Elle ne perd jamais son sourire, même pas quand

Chewlian la confond avec un bifshrek, fit remarquer Venus.

—En parlant de nourriture, il est l'heure d'aller prendre notre petit déjeuner à la cafétorreur. Ce n'était pas une bonne idée, déclara Rochelle d'un air dépité tout en remontant le couloir. *Je suis vraiment désolée*, les goules, poursuivit-elle quand elles furent attablées. Je vous ai tirées du lit affreusement tôt pour rien du tout.

—Nom d'une pipe en bois! Rochelle, tu n'as rien à te reprocher. Ton idée était excellente et, comme disait mon père, on ne peut jamais savoir tant que l'on n'a pas essayé.

—*Merci bouh-coup* de ton soutien, Robecca, répondit Rochelle, qui se pencha soudain sur sa jambe. Ça suffit, Chewlian!

—Qu'est-ce que tu racontes? Chewlian est à côté de moi, la détrompa Venus, assise en face d'elle.

—Alors c'était Penny!

— Non, Penny est sur mes genoux, dit Robecca, dont le pingouin mécanique ronronnait pour une fois avec ravissement.

— Roux ? s'étonna Rochelle à haute voix, avant de repérer son griffon un peu plus loin. Non plus, elle est là-bas en train de batifoler. Ce n'est donc pas un de nos animaux qui m'a mordu la jambe.

Rochelle se pencha alors avec précaution pour regarder sous la table et poussa un petit cri de surprise.

— C'est quoi votrrre prrroblème, les goules ? Qu'est-ce que c'est que ces manièrrres de vous essuyer les pieds surrr nous pendant que nous dorrrmons ! Vous avez été élevées dans une ferrrme, ou quoi ? grogna Rose Van Sangre d'une voix ensommeillée.

— Une ferme ? Les gargouilles ne vivent pas à la ferme. Vous n'avez pas eu de cours sur notre habitat naturel ? Dans ce cas, je vous suggère de faire des devoirs de vacances. Et, pour votre gouverne, sachez que même les animaux de ferme apprennent à vivre en bonne entente et à ne pas se mordre les uns les autres.

— Pourrrquoi ne nous laissent-elles chamais dorrrmirrr en paix ? bougonna Blanche en roulant des yeux.

— Peut-être parce que vous vous obstinez à dormir dans des lieux publics ? répondit Robecca.

— Puisque c'est comme ça, ch'irrrai à cette rrréunion publique pourrr leurrr demander d'adopter un décrrret autorrrisant les monstrrres

à dorrrmirrr partout ! s'emporta Blanche, qui frappa rageusement le dessous de la table de son poing blême.

— Quelle réunion publique ? l'interrompit Venus.

— Celle où l'on parrrlerrra de la façon de chérer le prrroblème des norrrmies. Vous n'êtes pas au courrrant ? Ils veulent nous emmmurrrer.

CHAPITRE cinq

Dès que Mlle Sue Nami et M. Mort arrivèrent à la cafétorreur pour leur petit déjeuner, Robecca, Rochelle et Venus se jetèrent sur eux pour obtenir confirmation de ce qu'avaient avancé les sœurs Van Sangre. Une réunion publique était bien prévue le lendemain pour discuter de la réponse à donner à la « menace normie ». L'agent spectral Ivan Mortimer et l'inspecpeur-chef Margoton Bô avaient organisé cette consultation afin de faire un point des solutions possibles pour la ville de Salem et informer officiellement tout le monde de la disparition de Wydowna.

— Il me tarde d'entendre leurs « solutions », dit ironiquement Venus au proviseur provisoire et au conseiller de gore-ientation.

— Entité scolaire, vous n'entendrez rien de tel. La réunion est interdite aux mineurs sur l'ordre de l'agent spectral Mortimer et de l'inspecpeur-chef Margoton Bô, répondit sèchement Mlle Sue Nami.

— Ce qui est tout à fait logique à mon humble avis. C'est une question très grave, qui concerne avant tout les adultes. Il s'agit de la fin de la vie telle que nous la connaissons, même si je n'ai personnellement pas de vie puisque je suis déjà mort, ronchonna M. Mort, avant de les planter là sans même un au revoir.

— Il faut lui trouver une nouvelle fiancée, fit remarquer Rochelle d'un air songeur.

— Mademoiselle Sue Nami, nous devons absolument assister à cette réunion, plaida

Venus à l'attention de la femme aquatique qui représentait l'autorité.

— Écoutez-moi bien, entités scolaires, parce que j'ai horreur de me répéter, surtout lorsque j'ai faim, déclara fermement Mlle Sue Nami, qui s'ébroua ensuite violemment comme à sa détestable habitude, inondant nos trois goules.

— Il y a des moments comme ça où je suis bien contente d'être conçue pour repousser l'eau, dit Rochelle, qui regardait les filets s'écouler le long de son bras de gargouille.

— Est-ce que quelqu'un a une serviette ? Vous savez que je crains la rouille et j'aimerais me sécher immédiatement, se désola Robecca en surveillant la progression des taches d'humidité sur ses bras et ses jambes en plaques de cuivre.

— Prends ça, *ma chérie*, répondit Rochelle en lui tendant un foulard Diorreur.

— Tâchons au moins de rester concentrées, les goules, fulmina Venus, reportant son attention sur Mlle Sue Nami.

— Il est hors de question que je vous autorise à assister à cette réunion, entités scolaires, reprit cette dernière. J'ai en vous une totale confiance et je reconnais à sa juste valeur tout ce que vous avez fait pour Monster High, mais les relations que j'entretiens avec l'inspecpeur-chef Margoton Bô sont trop tendues pour que je prenne le moindre risque. Si elle découvrait que je vous ai permis de contourner son interdiction, elle me jetterait à la rue.

— La rue ? Pourquoi la rue ? s'enquit Rochelle, sincèrement étonnée.

— C'est une façon de parler, Rochelle. Elle veut dire que l'inspecpeur-chef la démettrait de ses fonctions, expliqua Robecca tout en s'essuyant les bras.

— Ah ! nous ne laisserons certainement pas une chose pareille arriver. Nous avons déjà perdu un proviseur, nous n'en perdrons pas un second ! déclara Rochelle avec force.

— Nous devons tous faire des sacrifices en ces temps difficiles. Ce n'est pas de gaîté de cœur que j'ai annulé la journée de Gore-ientation. Non, mais j'ai dû m'incliner…

Mlle Sue Nami s'interrompit, distraite par un monstre dans le couloir.

— Hep, entité scolaire loup-garou ? Oui, c'est à vous que je parle. Le règlement intérieur interdit de manger en marchant. Allez donc vous asseoir. Et brossez-vous la fourrure tant que vous y êtes. Vous ressemblez à une boule de poils recrachée par un chat-garou.

Sur ce, la femme aquatique reflua à grandes enjambées, renversant une chaise et un démon d'Halloween sans s'en apercevoir.

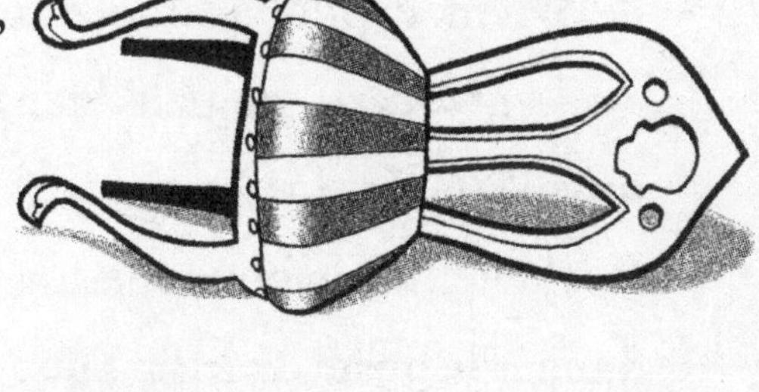

— Mlle Sue Nami peut dire ce qu'elle veut, nous ne raterons pas cette réunion. C'est trop important, chuchota Venus à ses deux amies d'un air conspirateur.

— Mais c'est contre les règles ! protesta Rochelle.

— Tu n'as jamais entendu dire que certaines règles étaient faites pour être transgressées ? railla la goule végétale.

— Si, bien sûr. On appelle ça l'anarchie, le chaos, le non-respect des lois..., pontifia la petite gargouille.

— Par ma chandelle verte, Rochelle ! nous ne faisons pas la révolution ! Nous essayons seulement de sauver notre école et les monstres de Salem, expliqua simplement Robecca.

— *D'accord*, pour le bien général, j'imagine que je peux faire une exception, se rendit Rochelle. Mais nous mettons tout de même en danger le poste de Mlle Sue Nami. Et qui sait ce qui pourrait arriver si l'inspecpeur-chef dirigeait l'école ? poursuivit-elle en secouant la tête. Non, *c'est trop dangereux* ! Nous ne pouvons pas prendre ce risque !

— Nous allons pourtant devoir le prendre, affirma Venus.

— Je n'ai jamais aimé prendre des risques. Tout le monde sait que les gargouilles sont extrêmement prudentes.

— Pardon de retourner le râteau dans la haie, mais nous ne pouvons pas nous permettre de ne pas assister à cette réunion. Nous sommes les seules à essayer de faire éclater la vérité ! argua Venus.

— Elle a raison. L'agent spectral Mortimer et l'inspecpeur-chef Bô sont intimement convaincus que les normies sont derrière tout ça. Pratiquement tout le monde le croit, dit Robecca, dont la vapeur commençait à sortir de ses oreilles cuivrées.

— Très bien. Mais nous devrons rester discrètes. Faire tout notre possible pour ne pas nous faire repérer. *Profil bas*, accepta finalement Rochelle.

— On devrait peut-être se déguiser ? Vous savez, avec des perruques et des masques. Ce serait comme une mission secrète et un bal costumé à la fois ! suggéra Robecca, les yeux brillants d'envie.

— Nous n'aurons pas le temps de nous fabriquer des costumes crédibles. Comme on dit à Scaris, le bof est l'ennemi du bien. Mieux vaut pas de déguisement qu'un déguisement raté.

— Tu as sans doute raison. Et puis je ne m'en étais pas très bien tirée dans mon déguisement de loup-garou au Bal des Morts joyeux, se rappela Robecca.

— C'est décidé, pas de déguisement. Il ne nous reste plus qu'à trouver un autre moyen

d'assister à cette réunion, conclut Venus en jouant avec ses vrilles.

Après une longue journée de cours, dont celui de Mlle Hortimarmot sur la fabrication du yaourt à glacer les sangs, nos trois goules se dirigèrent vers la salle des Arts monstriques pour la réunion du Club des Goules.

Assises en tailleur au milieu de la classe, les trois amies furent surprises par l'humeur sombre qui avait gagné leurs camarades. Disparus les sourires aux crocs étincelants, les

yeux et les cheveux brillants, il n'y avait plus que sourcils froncés, traits tirés et tignasses mornes et tristes. Privées d'un avenir auquel elles ne croyaient plus, les goules de Monster High avaient sombré dans le désespoir corps et âme.

Comme à l'accoutumée, Frankie Stein et Draculaura, coprésidentes du Club des Goules, s'adressèrent aux membres de l'assemblée.

— Beaucoup de choses ont changé à Monster High. Le proviseur Santête n'est plus là pour nous protéger. Nous n'avons plus le droit de jouer dehors ni de nous rendre seuls à l'école, commença Draculaura en triturant l'une de ses couettes rose et noir. Mais ce n'est pas une raison pour baisser les bras et cesser de venir en classe...

— Nous comprenons qu'il est très difficile de se motiver pour faire ses devoirs quand l'avenir est plus sombre qu'une nuit sans lune. Mais nous devons continuer de penser à notre éducation. Nous devons continuer de nous instruire...

C'est ce qui fait de nous ce que nous sommes, poursuivit Frankie, mais le cœur n'y était pas et l'on aurait dit qu'elle tentait de se convaincre elle-même au même titre que les autres.

— Je capte cinq sur cinq ce que vous dîtes, les meufs. Je vous jure. Mais avec cette lame de fond des normies qui menace, c'est encore plus difficile de penser à nos études que de surfer une méga vague géante en Ostralie, résuma tristement Lagoona.

— Si nous les laissons détruire ce que nous sommes, nos vies et notre foi en l'avenir, ils ont déjà gagné, répondit Frankie.

— Les goules, Toralei a quelque chose à dire, annonça la chatte-garou à l'assemblée tandis qu'elle se levait, entraînant Cleo avec elle.

— Je rêve ou elle vient de parler d'elle à la troisième personne ? chuchota Robecca à Venus.

— Ça te surprend ? répondit Venus sur le même ton en secouant la tête.

— Nous, les monstres, sommes des êtres ébouriffants et fantasmiaouriques, déclara Toralei, comme si elle venait d'avoir une révélation. Nous devons nous montrer forts et nous protéger des intrus, qu'il s'agisse des normies ou de cette chose dans le grenier.

— Wydowna n'est pas une « chose », la corrigea Frankie. C'est une goule-araignée.

— Beurk ! qu'est-ce que c'est que ça ? Tu as des puces ou quoi ? hurla soudain Cleo d'un air dégoûté en montrant un point noir sur le bras de Toralei.

— Tu as le cerveau momifié ou tu as perdu tes yeux, lady Gagaze ? C'est une peluche ! feula Toralei.

— Les goules, je n'en crois tout simplement pas mes oreilles, s'émut Rochelle tandis qu'elle se mettait debout, prenant une seconde pour remettre en place le foulard Diorreur dans ses cheveux. Ce n'est pas correct ! Je dirais même que c'est affreux !

— Je vous accorde que c'est grave bizarroïde, mais je suis en phase avec la garg, s'exclama Toralei de son accent de chatte de gouttière tout en haussant haut les sourcils pour bien montrer son étonnement.

— D'abord, personne n'emploie « garg » comme diminutif de « gargouille », car ce n'est pas *agréable* à entendre. Ensuite, c'est de toi que je parlais, Toralei.

— De moi ? Qu'as-tu à dire sur moi ? Que je suis chat-virante et monstrifiquement félinabuleuse ?

— Non, je voulais parler de ce que tu as dit à propos de Wydowna.

— Tu es obligée de prononcer son nom en ma présence ? Le seul fait de l'entendre me donne l'impression d'être un vampire bronzé, si tu vois ce que je veux dire, cracha Toralei de façon décousue.

— Non, je crains de ne pas voir ce que tu veux dire, répliqua Rochelle de sa manière littérale habituelle.

— Entendre prononcer son nom est une offense à mes oreilles, comme un vampire bronzé est une offense à la vue. Si tu veux savoir, je trouve très flippant que tu défendes une goule qui s'est introduite dans notre école par effraction pour nous espionner, rétorqua sèchement la chatte-garou.

— Un, les vampires bronzés, ça n'existe pas. Soit ils sont blancs, soit carbonisés par le soleil. Deux, l'aversion que tu portes à Wydowna parce qu'elle a occupé le grenier est parfaitement irrationnelle, répondit Rochelle avec calme.

— On dirait que c'est vrai ce qu'on dit sur les gargs. Elles ont bien des cailloux à la place de la cervelle, souffla Toralei à Cleo, puis elle agita ses oreilles.

— C'est faux, je suis catégorique. Nous…

— Les goules, on ne va pas commencer à se battre entre nous, on a déjà assez de problèmes, l'interrompit Frankie.

— Qu'allons-nous faire ? Qu'allons-nous devenir ? geignit Cleo en enfouissant sa tête dans ses mains.

— Ne te ronge pas les sangs, Cleo, tout n'est pas perdu, lui répondit Draculaura dans la louable intention de rassurer la momie dévorée d'angoisse. L'agent spectral Mortimer organise demain une concertation publique au *Gobelion's Club* pour essayer de trouver une solution.

Rochelle, Robecca et Venus échangèrent un regard entendu. Elles savaient à présent où se tenait la réunion !

— C'est aujourd'hui le grand jour. La consultation publique démarre à 17 heures, déclara Venus tandis qu'elle donnait à Chewlian sa douche matinale avec son arrosoir.

— Même si je n'aime pas désobéir aux règles, je suis impatiente d'assister à cette réunion, murmura Rochelle tout en faisant son lit. Il nous faut une piste. Quelque chose qui nous permette de retrouver Wydowna et le proviseur Santête. Et de montrer à Salem que la menace ne vient

pas des normies, mais de la SAAM… dont nous ne savons toujours pas qui ils sont.

— On ferait mieux d'avaler un petit déjeuner géant, suggéra Robecca, qui se dirigea vers la porte de leur chambre. Comme disait mon père, un estomac vide égale un cerveau vide au carré.

Mais alors que nos trois goules quittaient leur chambre pour se rendre à la cafétorreur, elles tombèrent nez à nez avec Jinafire Long.

— *Zao an*. Que la matinée vous soit agréable, les goules, les salua traditionnellement la fille-dragon aux cheveux vert et noir, dont la longue queue dorée voltigeait derrière elle.

— Bonjour, Jinafire, répondit Robecca. Est-ce que tout est OK ? Tu as l'air enflammée, si je puis me permettre.

— Je suis en pleine maîtrise de mon souffle de feu mais, non, tout n'est pas *OK*, comme tu dis.

— Que se passe-t-il, Jinafire ? Il est arrivé quelque chose ? N'oublie pas que je suis une gargouille, on peut compter sur moi dans les coups durs, s'interposa Rochelle en tapotant le bras doré de la jeune goule-dragon d'un air protecteur.

— Les Anciens de Sanghai ont un proverbe : « Protection bien ordonnée commence par soi-même. »

— C'est comme dans les avions : il convient d'abord d'ajuster son propre masque à oxygène avant d'aider les autres, déclara Rochelle tout sourires, heureuse de pouvoir caser ses connaissances des protocoles aéronautiques.

— Oui, Rochelle, approuva Jinafire, puis elle les regarda chacune leur tour dans les yeux. Je voudrais vous inviter toutes les trois dans ma chambre pour une démonstration de techniques d'autodéfense de la plus haute importance.

— Merci pour ton invitation, mais nous sommes affamées. On peut venir une autre fois ? demanda Venus, dont l'estomac commençait à gronder plus fort qu'un loup-garou une nuit de pleine lune.

—Venus, ton estomac est plus bruyant que mes articulations rouillées, pouffa Robecca.

—Il n'y a pas de quoi rire, les goules, et je suis très sérieuse. Je vous prie de me suivre dans ma chambre, leur intima Jinafire, très autoritaire.

—Venus, *ma chérie*, loin de moi l'idée de contrarier ton ventre, mais nous pouvons peut-être consacrer quelques minutes à la démonstration de Jinafire, tempéra Rochelle, qui emboîta le pas de la goule de Sanghai.

—On ne s'ennuie jamais à Monster High, dit Robecca d'un air songeur en prenant Venus par la main pour suivre les deux autres.

—Le kung-feu est un art martial traditionnel chez tous les dragons de Sanghai. Une tradition ancestrale que ma famille pratique depuis plusieurs siècles, les informa la fille-dragon tandis que nos trois goules s'asseyaient en tailleur dans la chambre de Jinafire et Skelita.

Jinafire revêtit alors une longue tunique blanche qu'elle ceintura à la taille d'une large écharpe.

— Est-ce que tout le monde porte cette… tenue pour pratiquer le kung-feu ? s'enquit Robecca.

— On appelle ça un *keikogi*, un vêtement d'entraînement. Non, tout le monde n'en porte pas, mais je trouve ça très confortable.

— Je ne voulais pas dire que ça ne me plaisait pas, parce qu'au contraire je trouve ça très beau. Mais ce n'est pas le plus important quand on fait du sport et que l'on transpire. Bien sûr, moi je ne transpire pas. C'est un des rares avantages d'être fabriquée à partir d'une machine à vapeur. Même si, quand on y réfléchit, la vapeur est une sorte de transpiration, l'odeur en moins. Nom d'une pipe en bois, qu'est-ce que je raconte ? Vous devez toutes penser qu'il me manque un boulon ! débita Robecca.

— D'un point de vue statistique, il est très probable qu'il te manque quelques éléments. Il est pratiquement impossible de remonter une créature mécanique sans perdre un rouage, une vis ou un ressort dans le processus, ajouta Rochelle, toujours littérale.

Jinafire commença alors à exécuter différents mouvements de kung-feu, mais Venus l'interrompit rapidement.

— Pourquoi as-tu décidé de nous faire profiter d'un cours d'autodéfense justement aujourd'hui ? voulut-elle savoir.

— En réalité, répondit une voix suave venant du seuil, l'idée venait de moi.

— *Mademoiselle* Flapper ! s'exclama Rochelle, reconnaissant la très élégante femme-dragon européenne.

Vêtue d'un tailleur pantalon-long et fluide couleur lavande orné de dentelle très élaborée, Miss Flapper était, comme à son habitude, stylée à couper le souffle. Mais ce n'était pas seulement la tenue de leur professeur qui avait attiré l'attention de Rochelle, mais les matériaux dans lesquels son ensemble était confectionné.

—La bordure en dentelle de votre vêtement est vraiment *sang-sationnelle*. Il faut une précision et un talent incroyables pour obtenir des motifs aussi délicats. C'est à coup sûr l'œuvre de Wydowna, ne put s'empêcher de remarquer la goule de granit.

—Allons, Rochelle, Miss Flapper a pu se procurer cette dentelle n'importe où. De plus, elle n'est pas particulièrement proche de Wydowna, n'est-ce pas ? souligna Venus d'un air entendu.

—Mais cette dentelle ressemble beaucoup aux pièces que crée Wydowna, s'obstina la petite

gargouille, sans comprendre que Venus tentait de la faire taire.

En désespoir de cause, la goule végétale entreprit de lui donner des coups de coude, mais s'arrêta bien vite, le granit et les coudes ne faisant pas bon ménage.

— Tu as un œil très sûr, Rochelle. C'est en effet le travail de Wydowna Spider. Je lui avais passé commande avant sa disparition. Quel dommage qu'une goule aussi talentueuse ait été incapable de s'intégrer ! Mais, finalement, compte tenu des dangers que nous devons affronter, elle a peut-être bien fait de fuguer, déclara prudemment Miss Flapper.

— Fuguer ? Vous pensez que Wydowna a fugué ? Beaucoup de monstres croient plutôt qu'elle a été enlevée par les normies, intervint Robecca.

— L'agent spectral Mortimer affirme que la fugue et l'enlèvement sont tout aussi probables

l'un que l'autre. Quand on y réfléchit, ils ont enlevé le proviseur Santête parce qu'ils savaient qu'elle manquerait à tout le monde. Ils s'en sont ensuite pris à moi parce que, sans être aussi populaire que notre cher proviseur, j'ai moi aussi quelques fidèles, répondit Miss Flapper, avec un grand sourire à l'intention de Jinafire et Skelita. Mais pour quelle raison enlèveraient-ils une goule-araignée qui vient d'arriver à l'école et ne connaît personne ? Elle ne faisait pas vraiment partie de notre communauté. Je pense qu'elle a tout bonnement eu le mal du pays.

— Elle n'en a jamais soufflé mot, réagit Robecca sans réfléchir.

— Comment ça ? Je croyais que vous lui aviez à peine adressé la parole ? insista Miss Flapper.

— Euh… oui, c'est vrai, se rattrapa maladroitement la goule mécanique.

— Merci pour cette leçon de kung-feu, Jinafire. C'était très cool ! s'exclama Venus, tentant désespérément de changer de sujet.

— J'espère que les quelques mouvements simples que je vous ai enseignés vous seront utiles si on essaie de vous enlever, répondit Jinafire.

— Bon, on ferait mieux d'y aller, maintenant. Nous avons une longue journée devant nous, lança Robecca, encore une fois étourdiment.

— Que veux-tu dire ? Penses-tu à la consultation publique de ce soir ? Je croyais que les élèves n'étaient pas autorisés à y assister, s'étonna Miss Flapper avec un sourire crispé.

— Non, les élèves ne sont pas autorisés à assister à cette réunion, s'empressa de répondre Venus. Robecca parlait de l'interro de M. Momie en Catacombologie.

— Oui, c'est de ça que je parlais. Merci, Venus, déclara Robecca avec raideur alors que de la vapeur lui sortait des oreilles.

La réunion publique au *Gobelion's Club* était prévue pour 17 heures tapantes. Redoutant d'être vues par des parents ou des professeurs qui s'y rendaient, Robecca, Rochelle et Venus attendirent le dernier moment pour quitter Monster High et ne se mirent en route qu'à 16 h 45. Pressées à présent par le temps, elles traversèrent la forêt de zombifères pour éviter les trolls et coururent à perdre haleine jusqu'à la ville.

Dès qu'elles arrivèrent dans Salem, elles constatèrent que la situation était grave. Le centre-ville habituellement grouillant de monde était lugubre, sans une âme à la ronde à l'exception de quelques chiens et chats errants. Le *Zombistrot* semblait à l'abandon, vidé de ses serveurs. Le centre commercial des horreurs était fermé, pour cause de consultation publique comme l'indiquait une affiche sur la porte.

— Ouah, ça ressemble à l'apocalypse, ici ! Il n'y a plus monstre qui vive, dit Venus à ses deux amies alors qu'elles remontaient la rue Freddy-Krueger en direction du *Gobelion's Club.* Je sais que vous allez penser que c'est bizarre, mais je trouve la ville très agréable ainsi.

— Vraiment ? Moi, je déteste ça ! Ça me fiche les jetons ! Regardez ça, j'ai les boulons qui se dévissent ! bafouilla Robecca dont les yeux parcouraient anxieusement la rue de long en large. Même si je sais que nous n'avons rien à craindre des normies, je ne peux pas m'empêcher d'être sur les nerfs, comme si l'un d'eux allait se jeter sur moi d'un instant à l'autre.

— *C'est absolument ridicule !* Les normies ne se jettent pas sur les gens, sauf quand ils jouent à chat-garou, la reprit Rochelle.

— Tu as raison, mais les créatures ? Quelqu'un de cette organisation secrète appelée la SAAM ?

Ce n'est pas totalement exclu, rebondit Venus en obliquant vers la rue Beetlejuice.

Alors qu'elles venaient de tourner dans l'allée bordée d'arbres, les trois goules s'immobilisèrent. Les vrilles de Venus frémirent, les plaques de cuivre de Robecca s'entrechoquèrent et les ailes de Rochelle se mirent à palpiter devant la scène qui s'offrait à leurs yeux. Miss Flapper et Cy Clops marchant d'un même pas ! Même à dix mètres de distance, il était impossible de ne pas les reconnaître. Drapée dans une robe vert émeraude mettant parfaitement en valeur sa longue chevelure rousse et sa silhouette souple, Miss Flapper avançait de sa démarche flottante inimitable. Quant à Cy, il portait sur le dos un sac de sport d'un violet éclatant avec son nom brodé dessus en toutes lettres.

— Je n'en crois pas mes yeux, murmura Venus en secouant la tête. C'est bien Cy Clops avec Miss Flapper ?

— Tes yeux ne te jouent pas de tour, Venus. C'est bien Cy et *Mlle* Flapper, confirma Rochelle sans équivoque.

— Si ce ne sont pas mes yeux, c'est donc Cy qui se fiche de nous, postula Venus, haussant son sourcil gauche d'un air suspicieux.

— Nom d'un petit bonhomme en bois, Venus ! Cy est notre ami ! Tu ne crois pas qu'il mérite au moins qu'on lui laisse une chance de s'expliquer ? Après tout ce que nous avons vécu ensemble.

— Robecca a *entièrement raison*. De plus, l'alinéa 65.9 du Code éthique des gargouilles met en garde contre les conclusions hâtives fondées sur des preuves indirectes. Ce qui est définitivement le cas ici, nous n'avons que des présomptions.

— On est dans un épisode de *New Beurk, trollice judiciaire*, ou quoi ? s'agaça Venus, qui se laissa pourtant fléchir. D'accord. Vous avez

raison. C'est juste que de voir ces deux-là côte à côte m'a mis les racines à l'envers.

— Vite, cachez-vous ! glapit Robecca, qui tira soudainement Rochelle et Venus par le bras derrière un véhicule en stationnement.

Accroupies derrière la vieille camionnette rouillée, les trois goules tendirent le cou afin de voir ce que faisaient Miss Flapper et Cy.

— Désolée, les goules, s'excusa Robecca. J'ai cru qu'elle allait se retourner. Et j'ai eu peur de ce qui aurait pu m'échapper, parce que nous savons toutes les trois que je ne suis pas douée pour l'improvisation et que je supporte mal la pression.

— Pas de souci, *ma chérie.* Une goule doit toujours suivre son instinct, répondit Rochelle.

— Sauf, bien sûr, quand il s'agit de l'heure. Au cours de ces deux derniers semestres, j'ai au moins appris que tu n'avais aucune notion du temps, précisa Venus.

— Ils se sont arrêtés, commenta Robecca, alors que Miss Flapper et Cy venaient de s'immobiliser devant l'immeuble de briques de deux étages qui abritait le *Gobelion's Club*. Ils sont maintenant en train de parler.

— Merci pour le reportage, plaisanta Venus, tandis que Miss Flapper tapotait l'épaule de Cy, puis pénétrait dans le bâtiment.

— Miss Flapper vient d'entrer dans le club, poursuivit Robecca.

— Venez, les goules, ordonna Venus, qui bondit de leur cachette et dévala la rue à toutes jambes.

Mais Robecca était tellement pressée de parler au jeune cyclope qu'elle ne tarda pas à dépasser Venus.

— Hé ! Hé ! Cy ! appela-t-elle alors qu'elle fonçait droit sur lui, Venus et Rochelle derrière elle.

— Salut, les goules. Qu'est-ce qu'il vous arrive ? Qu'est-ce que vous faites ici ?

—Comme c'est curieux ! C'est justement la question qu'on allait te poser, répondit Venus en repoussant sa queue-de-cheval rose et verte dans son dos, les sourcils en accent circonflexe.

—Miss Flapper est venue dans notre chambre demander si Henry ou moi pouvions l'accompagner au *Gobelion's Club*. Elle voulait une escorte pour sa sécurité, expliqua Cy. J'ai pensé que j'apprendrais peut-être quelque chose d'utile et je me suis porté volontaire.

—*Je t'en crie*, Cy ! La patience n'est pas une de mes qualités. A-t-elle dit quelque chose ? s'écria Rochelle.

—Elle a surtout parlé de ses vêtements et du fait que personne ne comprenait vraiment à quel point elle était stylée…, commença le jeune cyclope.

—De ses vêtements ? Rien d'autre ? le pressa Venus.

— Si, alors que nous étions presque arrivés, elle m'a demandé si j'avais vu Wydowna se rapprocher de quelqu'un en particulier à Monster High.

— *Mlle* Flapper s'inquiète visiblement que Wydowna nous ait fait des révélations, analysa Rochelle en se caressant le menton.

— Il est presque 17 heures. La réunion va bientôt démarrer, les informa Venus.

— Venus, comment avais-tu dit qu'on allait procéder pour s'introduire dans le club ? demanda Robecca.

— Vous avez l'intention d'assister à la réunion publique ? s'étonna Cy.

— Tu sais que je n'aime pas désobéir aux règles. Cependant, le Code éthique des gargouilles stipule clairement que les règles peuvent être transgressées lorsqu'une telle action est entreprise pour le bien général, ce qui s'applique sans aucun doute à cette situation, lui exposa Rochelle avec gravité.

—Dans ce cas, je viens avec vous, les goules, répondit Cy.

—Du tonnerre ! On a toujours besoin d'une paire d'yeux et d'oreilles supplémentaires. Enfin, d'un œil et de deux oreilles. Bref, tu vois ce que je veux dire, bredouilla Robecca, tandis que Venus contournait le bâtiment.

Derrière les poubelles, ils trouvèrent une échelle métallique rivetée dans le mur.

—C'est vraiment *sang-sass* ! Les consignes de sécurité incendie sont utiles même quand il n'y a pas le feu ! se réjouit Rochelle.

—J'imagine que ça signifie que nous allons entrer par le toit, résuma Robecca. Heureusement qu'aucun d'entre nous n'a le vertige.

—Nous allons monter sur le toit, retirer la grille d'aération et nous introduire dans la cage d'escalier du fond. Elle permet d'accéder au goulailler, une galerie qui surplombe la salle, leur expliqua Venus, qui se mit à grimper.

—Tu as fait des extras au *Gobelion's Club*, ou quoi ? Comment connais-tu aussi bien l'agencement des lieux ? interrogea Robecca.

—Lagoona et moi avons mené l'enquête le semestre dernier après que j'avais entendu dire que le patron du club ne pratiquait plus le tri sélectif. Heureusement, c'était une fausse alerte.

—Sapristi, Venus ! Et tu ne nous as rien dit ?

—J'ai pensé que le Code éthique n'approuverait pas, répliqua Venus en se tournant vers Rochelle.

—Tu avais sans doute raison. Je manque de données sur le sujet. Pour le moment, le temps presse et nous parlerons de ton enquête plus tard, dit Rochelle, s'emparant à son tour des barreaux de l'échelle.

Moins de dix secondes plus tard, le métal torturé geignait et les boulons commençaient à se détacher du mur.

—Attention, pluie de quincaillerie, s'exclama Robecca, qui leva les mains pour protéger l'œil de Cy.

—L'échelle va bientôt se décrocher ! cria le jeune cyclope à l'attention des deux grimpeuses.

—Alors, il n'y a plus qu'une solution : on saute ! ordonna Venus à Rochelle.

Les deux goules touchèrent le sol de ciment avec un grand bruit sourd, principalement dû à la composition massive du corps de granit de Rochelle.

—Aïe ! marmonna Venus, qui se releva lentement tout en s'époussetant.

—Un des avantages de posséder un corps de pierre, c'est qu'il en faut beaucoup pour me faire des bleus. D'un autre côté, la densité de la pierre signifie également qu'il est toujours probable que les objets s'effondrent sous moi, déclara doucement Rochelle.

—Ce n'est pas grave, Rochelle, répondit Venus tout en jetant un regard autour d'elle.

Sauf que nous allons devoir trouver un autre moyen de monter sur le toit.

— Pour une fois, c'est dans mes cordes, déclara Robecca, qui actionna aussitôt l'interrupteur de ses bottes-fusées avec un grand sourire. Qui j'emmène d'abord ?

— C'est un avantage certain d'avoir pour amie une goule qui sait voler, commenta Venus, avant d'enrouler ses deux bras autour de la taille de la goule mécanique.

Après avoir propulsé Venus sans heurts sur le toit de l'immeuble, Robecca revint chercher Rochelle et Cy.

— Es-tu certaine que tu peux me porter ? s'inquiéta la petite gargouille. Malgré les apparences, je suis extrêmement lourde.

— Mes bottes-fusées sont très puissantes, tu n'as pas de souci à te faire, l'assura Robecca.

— *D'accord*, accepta Rochelle, qui noua ses bras autour de son amie et se prépara au décollage.

Elles s'élevèrent sans difficulté, au grand soulagement de la goule de granit. Après un dernier aller-retour pour hisser Cy sur le toit, nos quatre amis soulevèrent la grille d'aération et se glissèrent dans la cage d'escalier. Une fois à l'intérieur du bâtiment, ils se laissèrent guider par les bruits de voix, plus fortes à chaque pas.

—À partir d'ici, nous allons devoir ramper, chuchota Venus aux trois autres en montrant la galerie qui surplombait la grande salle de réunion.

À plat ventre dans le goulailler, Venus, Rochelle, Cy et Robecca jetèrent un coup d'œil discret sur la foule en contrebas. La salle était bondée et il n'y avait plus un siège de libre. Évidemment. Quel monstre aurait manqué une réunion où allait se décider l'avenir de leur ville ? Réglée comme du papier à musique, la cloche du beffroi sonna alors cinq coups, qui résonnèrent sourdement dans la pièce.

— Que tout le monde prenne place, s'il vous plaît, réclama l'inspecpeur-chef Margoton Bô alors qu'elle s'avançait sur l'estrade du *Gobelion's Club* en compagnie de l'agent spectral Mortimer.

— Devant la menace normie, nous avons décidé de nous tourner vers la communauté pour décider de la meilleure réponse à y apporter. Je déclare donc cette consultation publique ouverte, déclara l'agent spectral Mortimer dans un microphone.

Tandis que la foule des monstres échangeait des regards nerveux pour savoir qui allait se lancer en premier, un vieux démon d'Halloween se leva.

— Est-il vrai que les normies ont l'intention de cloisonner la population de Salem par tranches d'âge ? Je n'apprécie guère la compagnie de mes semblables, et je déteste l'idée de me retrouver coincé avec ces vieilles citrouilles, grommela-t-il avant de se rasseoir.

— Malheureusement, monsieur, nous ne détenons aucune information sur les intentions des normies après la construction du mur, répondit l'agent spectral Mortimer.

— Un peu, mon neveu, puisque les normies n'ont rien prévu du tout, chuchota Robecca à l'oreille de Cy, qui était allongé à côté d'elle sur le sol du goulailler.

— À l'heure actuelle, la seule chose que nous sommes en mesure de vous dire, c'est que les

normies ont prévu d'ériger le mur dans les plus brefs délais. Après cela, ils devraient nous rendre le proviseur Santête et tous ceux qu'ils auront peut-être enlevés d'ici là, poursuivit l'agent Mortimer.

— Je profite de l'occasion pour vous rappeler que les élèves de Monster High ne sont plus autorisés à s'attarder à l'extérieur de l'établissement afin de réduire les risques d'enlèvement. Je me suis également arrangée pour que les externes soient escortés matin et soir par des trolliciers sur les trajets entre l'école et leur domicile, précisa l'inspecpeur-chef Margoton Bô avec fierté – et son manque d'expressivité habituel.

— Inspecpeur-chef ? Même si je vous suis reconnaissant des efforts que vous déployez pour la sécurité de nos louveteaux, je crains que nous ne nous laissions emporter sans avoir pris le temps de vérifier nos sources, dit M. Wolf, le

père de Clawdeen, avec tout le tact dont il était capable.

— Vérifier nos sources ? Monsieur Wolf, nous parlons de la sécurité de notre communauté, pas d'une dissertation sur Anguillary Clinton ! s'offusqua l'inspecpeur-chef Margoton Bô.

— Je ne voulais pas vous offenser, répondit M. Wolf sans perdre son sang-froid. Je pense seulement que ce serait utile. Nous aimerions ainsi savoir qui s'est rendu dans le bureau du maire des normies.

— Notre source est un membre éminent de la communauté des monstres qui entretient des relations de longue date avec le maire des normies, répondit l'agent spectral Mortimer d'un ton évasif.

— Très bien, mais nous aimerions connaître son nom, poursuivit M. Wolf.

— Je ne révélerai certainement pas son identité, monsieur. Il serait harcelé jour et nuit

par une bande de monstres terrifiés. C'est hors de question ! lui opposa fermement l'agent spectral Mortimer.

— Mais..., commença M. Wolf, qui fut sèchement interrompu par l'inspecpeur-chef Margoton Bô.

— Je vous conseille de vous rasseoir, monsieur Wolf, lui intima la momie glaciale.

M. Wolf obtempéra au moment où Mme Gorgon, la mère de Deuce, prenait le relais et se levait à son tour.

— Agent spectral Mortimer, laissez-moi avant tout vous remercier pour tout ce que vos trolliciers et vous-mêmes accomplissez pour notre sécurité, dit-elle en repoussant les serpents qui ondulaient sur son front. Mais je voudrais savoir pour quelle raison vous avez fermé les frontières. Pourquoi nous empêcher de quitter Salem ?

— Où vouliez-vous aller, madame Gorgon ? s'enquit l'agent spectral.

— J'avais l'intention de discuter avec quelques normies pour m'assurer de la véracité de tout ce qu'on entend dire, répondit la mère de Deuce en toute honnêteté.

— Voilà précisément la raison pour laquelle nous avons fermé les frontières. Qui sait ce qui pourrait arriver si vous prononciez un mot de travers ? Maintenir les frontières ouvertes est simplement trop dangereux, décréta l'agent spectral Mortimer.

— Je crois que nous nous éloignons du sujet, les recadra l'inspecpeur-chef Margoton Bô. La raison de cette consultation publique est de passer en revue toutes les solutions qui s'offrent à nous, si tant est que nous en ayons, et…

— On n'a qu'à tous partir ! Un exode massif ! glapit un vampire d'une vingtaine d'années sur la gauche.

— Trouvons un territoire plus accueillant pour les monstres, s'écria une créature marine

d'âge mûr depuis le fond de la salle. De préférence près de la mer !

— Qui sait ? Ce ne sera peut-être pas si désagréable de vivre emmurés dans la ville. Mais personne ne pourra venir nous voir et nous n'en sortirons jamais, ajouta une femme-dragon d'un certain âge, avant de fondre en larmes.

— Que fait la Fédération internationale des monstres ? s'exclama une momie.

— La Fédération internationale des monstres ne dispose malheureusement pas d'une branche armée, répondit l'inspecpeur-chef Margoton Bô.

— Pardonnez-moi, pardonnez-moi ! intervint Miss Flapper, qui venait de se lever et contemplait la foule autour d'elle. Bonjour à tous. Comme vous le savez pour la plupart, je suis arrivée très récemment à Salem. Pourtant, en ce court laps de temps, j'ai appris à me sentir ici chez moi, plus encore qu'en Létalie, où j'enseignais précédemment. Il m'est ainsi insupportable de

nous voir perdre notre style de vie, notre ville, notre liberté…

— Mais que pouvons-nous *faire* ? retentit une voix hystérique derrière la femme-dragon européenne.

— Dans l'Ancien Monde, j'ai entendu parler d'un puissant groupe de monstres, d'une société secrète…, susurra Miss Flapper, et un murmure s'éleva dans la foule. Bien que je n'aie jamais eu de contacts directs avec eux, un de mes anciens collègues m'a dit qu'ils s'étaient fixé pour mission de protéger les monstres, nos traditions, nos croyances essentielles… envers et contre tout.

— J'ai également entendu parler de ces gens quand je vivais en Transylvanie, intervint une élégante momie. Mais qui vous dit qu'ils accepteraient de venir en Horrorique pour nous aider ?

— J'ai ouï-dire que la SAAM, c'est ainsi qu'ils se font appeler, était prête à venir en

Horrorique nous offrir leur assistance, répondit Miss Flapper.

— Excusez-moi, excusez-moi ! gronda Dracula de sa voix profonde tout en faisant face à la foule du *Gobelion's Club*. Avec tout le respect que je dois à Miss Flapper, aucun de nous ne connaît ce groupe qui se fait appeler la SAAM. Ils sont peut-être dangereux ! Vous pouvez me croire, je viens moi-même de l'Ancien Monde. Et les actions menées là-bas ne sont pas toujours adaptées à la vie que nous menons ici !

— Monsieur Dracula, vous souciez-vous de votre fille, Draculaura ? demanda Miss Flapper au sémillant vampire.

— Qu'est-ce que c'est que cette question stupide ? Bien sûr que oui ! s'offusqua-t-il.

— Alors, pourquoi vous opposer à la seule et unique force capable de sauver son avenir ? questionna la femme-dragon avec solennité.

— Je ne crois pas que ce soit une bonne idée de nous acoquiner avec un groupe dont nous ne connaissons rien que des rumeurs. Il existe forcément une autre solution. Et je suggère que nous la trouvions ! Qui est avec moi ? lança Dracula à la ronde.

Les Wolf se levèrent les premiers, suivis de Mme Gorgon, puis de Mme Yelps, la mère de Ghoulia. M. Stein, le père de Frankie, les imita.

— Ce sont les monstres de la liste que nous avons trouvée au grenier ! Enfin, sauf Hexiciah Steam et le proviseur Santête, chuchota Venus à Rochelle, tout excitée.

— Chut ! lui ordonna la petite gargouille, qui posa un doigt sur ses lèvres.

Un par un, Dracula, M. Stein, Mme Yelps, Mme Gorgon et les Wolf se tournèrent vers Ramses de Nile, fixant le regard sur lui. Mais l'effaraon était en si grande discussion avec sa sœur Neferia, venue de l'Ancien Monde

pour lui rendre visite, qu'il ne s'en aperçut pas tout de suite. Sa sœur dut même le pousser du coude pour qu'il réagisse. Il se leva alors en toute hâte pour signifier aux autres qu'il était avec eux.

— Par ma chandelle verte, regardez la sœur de M. de Nile. Elle semble aussi aimable qu'une porte de prison, marmonna Robecca.

— Je me fais des idées ou le père de Cleo n'a pas l'air enchanté de se joindre aux autres ? murmura Venus à la cantonade.

— Il n'a effectivement pas l'air content, mais il me semble important de te faire remarquer que ce n'est pas inhabituel chez lui. L'amabilité et les sourires ne font pas partie des priorités du clan de Nile, répondit Rochelle à voix basse.

— Et c'est tout ? Personne d'autre ne se lève pour refuser l'aide de la SAAM ? demanda Cy avec un soupir. Cela n'augure rien de bon.

Le lendemain matin aux aurores, Rochelle et Venus s'éveillèrent, comme souvent, au bruit de Robecca qui tombait du lit, intimement persuadée qu'elle était en retard.

— Par mes pistons ! quelle heure est-il ? Je suis en retard ! Je le sens ! Je suis en retard ! balbutia frénétiquement la goule mécanique en se relevant.

— Calme-toi, Robecca, siffla Venus sous son masque oculaire de paille recyclée. Tu n'es pas en retard. En tout cas, pas encore. Recouche-toi et nous te réveillerons quand ce sera l'heure.

— Tu ne peux pas savoir comme c'est stressant de ne jamais savoir l'heure qu'il est. Je voudrais tant revoir mon père, pas seulement parce que je l'aime et qu'il me manque, mais aussi pour qu'il répare mon horloge interne.

—Je suis sûre que tu le reverras… un jour… quelque part, ajouta doucement Rochelle d'une voix ensommeillée. Quand ce jour viendra, peut-être que nous pourrons dormir une nuit entière sans interruption.

Ce ne fut qu'à l'heure du déjeuner que les nouvelles de ce qui s'était dit au cours de la réunion publique se répandirent comme une traînée de poudre à travers Monster High, piquant la curiosité des élèves à propos de la SAAM. Comme on pouvait s'y attendre, l'existence d'un groupe mystérieux et puissant capable d'empêcher la construction du mur recueillit toute leur attention.

—Je ne sais pas ce qu'il s'est passé pendant la réunion d'hier soir, mais mes parents étaient complètement stressés quand ils sont rentrés. C'était complètement dingue, même leur fourrure était en bataille, racontait Clawdeen à Frankie, Deuce, Robecca, Rochelle et

Venus, attablés autour d'une quiche trollaine à la cafétorreur. Je leur ai demandé ce qui était arrivé et ils m'ont répondu : « Rien du tout », ce qui veut dire, bien sûr, qu'il s'est passé un truc énorme.

— Oh oui ! il s'est passé quelque chose de très grave, déclara Frankie sans ambages. J'ai entendu mon père raconter que Miss Flapper avait parlé d'une organisation secrète venue de l'Ancien Monde appelée la SAAM. Apparemment, elle aurait déclaré qu'ils peuvent nous aider à combattre les normies mais, d'après mon père, ce sont de très mauvaises nouvelles.

— Ma mère pense la même chose. Elle était tellement secouée en rentrant à la maison hier soir qu'elle a pétrifié trois opossums et un chat. Pauvres petites bêtes, ils vont rester statufiés pendant au moins une semaine, ajouta Deuce derrière ses lunettes noires.

— Bah, parce que nous sommes internes, Rochelle, Venus et moi n'avons rien entendu du tout. Pas un mot n'a filtré. Nous n'avons pas la moindre idée de ce qui s'est dit à cette réunion, précisa inutilement Robecca, dans une pauvre tentative pour cacher qu'elles y avaient assisté en personne.

— Robecca, tu peux me passer le sel? demanda ostensiblement Venus, s'efforçant de lui communiquer avec les yeux son message principal: *Ferme-la!*

— *Regardez!* voilà Cleo et Toralei, quelle bonne surprise! s'exclama Rochelle pour faire diversion.

— Deuce, tu es toujours mon petit ami, n'est-ce pas? minauda Cleo en avançant ses lèvres parfaitement glossées.

—Aux dernières nouvelles, oui, gloussa Deuce.

—Alors pourquoi tu ne m'as pas attendue pour aller déjeuner ? N'oublie pas que je ne suis pas seulement ta petite amie, je suis aussi de sang royal. Tout le monde doit attendre les membres d'une dynastie royale.

—Et manifestement certains te font avaler des couleuvres, marmonna Toralei.

—Écoute, bébé, je suis désolé de te dire ça, mais tant que Toralei et toi vous n'avez pas réglé vos comptes, je crois qu'il vaut mieux que je garde mes distances quand il y a de la nourriture à proximité, expliqua Deuce.

—Que veux-tu dire par là, tête de vipère ? feula la chatte-garou.

—Je n'ai rien contre vous individuellement, mais la dernière fois que vous vous êtes battues à coup de goulettes à la sauce fantomate, c'est sur ma tête qu'elles ont atterri. Et la sauce fantomate

ne réussit pas aux serpents. Mes petits gars ont été malades plusieurs heures durant, répondit Deuce en montrant sa crête.

— Cause toujours, serpentard. Je serai bientôt débarrassée de toi, ronronna Toralei entre ses crocs, avant d'agiter ses oreilles.

— Pourquoi, tu t'en vas quelque part ? Il paraît que la Cerbèrie est superbe à cette période de l'année.

— Non, je veux seulement dire qu'une fois que la SAAM se sera occupée des normies rien ne m'obligera plus à rester attachée à cette diva en décomposition qui insiste toujours pour me traîner dans vos pattes.

— C'est vrai, mon père et ma tante Neferia disent que la SAAM va nous sauver, renchérit Cleo. Et, pour la dernière fois, boule de poils, je ne suis pas une diva en *décom*position, mais en *haute* position.

— Boule de poils ? Tu n'as rien de mieux ?

—Bien sûr que si ! Mais pourquoi je te donnerais ce que j'ai de mieux ? rétorqua Cleo.

—Allez, les momiaou, que diriez-vous de filer à la bibliorreur et de laisser ces monstres déjeuner en paix ? proposa Deuce, qui se leva avec un sourire d'excuse. Salut les goules, on se voit tout à l'heure à la journée de gore-ientation.

—*Mademoiselle* Sue Nami, *je vous en crie*, nous devons vous parler ! appela Rochelle dans le sillage de la femme aquatique, qui déferlait dans le couloir principal, renversant tout sur son passage.

—Si vous voulez me parler, entités scolaires, accélérez le pas ! Je n'ai pas que ça à faire, j'ai un emploi du temps à respecter, moi ! rugit Miss Sue Nami à l'intention de nos trois goules.

— Un emploi du temps ? s'émerveilla Robecca. J'aimerais tellement pouvoir suivre un emploi du temps un jour, moi aussi…

— La journée de gore-ientation a finalement lieu ? demanda Venus à la femme-vague une fois qu'elle l'eut rattrapée.

— Vos informations sont correctes, entité scolaire.

— Mais pourquoi ce revirement ? Pas plus tard qu'hier, vous prétendiez que maintenir la journée de gore-ientation en ces temps incertains était une forme de torture mentale, insista Venus.

— *Mademoiselle* Sue Nami, cela aurait-il quelque chose à voir avec la fameuse SAAM dont tout le monde parle ? s'informa Rochelle.

— Il se trouve que oui, en effet. Quand j'ai appris l'existence de cette SAAM, je me suis rendu compte que l'avenir était peut-être moins noir que nous l'avions pensé.

— Mais on ne sait presque rien à propos de ce groupe. En outre, si nos sources sont fiables, n'est-ce pas Miss Flapper qui mis le sujet sur le tapis ? fit valoir Venus.

— Écoutez, je ne crois pas que les normies préparent un sale coup comme tout le monde le pense, mais le fait est qu'il se passe des choses étranges à Monster High. Et, s'il existe un groupe de monstres capables de calmer tout le monde et d'apaiser les peurs, je suis le courant. À partir de maintenant, je suis sang pour sang pro-SAAM, gronda Mlle Sue Nami.

— Nous aussi, lancèrent Skelita et Jinafire, qu'elles venaient de croiser.

— Vous connaissez aussi la SAAM, les goules ? s'étonna Robecca à haute voix.

— Miss Flapper nous a dit qu'ils empêcheront la construction du mur. Nous leur sommes très *ganxiè*, reconnaissantes, d'accepter de prêter main-forte à la communauté, répondit Jinafire.

— Et puis, la *señorita* Flapper pense qu'ils porteront tous des vêtements haute couture de la mort, ajouta Skelita en frétillant.

— Dommage qu'ils n'aient pas un stand à la journée de gore-ientation, conclut Jinafire avant de poursuivre son chemin.

Le gymnase débordait de stands, chacun dédié à une profession ou une activité. Savant fou, fabricant de cercueils, fourreur, griffier et bien d'autres métiers étaient représentés. Tandis que Robecca et Venus déambulaient dans les allées, Rochelle s'arrêta devant un expert en formol, perdue dans ses pensées.

— Tout va bien, là-derrière ? s'enquit Venus.

— *Je ne crois pas*, répondit laconiquement la petite gargouille, qui caressait son menton de granit. Il s'est passé quelque chose de très étrange à la cafétorreur.

— Tu as trouvé un truc dans ta quiche ? Il faut dire qu'Harold, le chef de la cuisine expéri-mortelle, a la sale habitude de perdre ses griffes dans ses préparations. C'est un vrai souci, dit Robecca en secouant la tête.

— Ce que tu m'apprends sur Harold est extrêmement inquiétant, et je lui en toucherai à coup sûr un mot plus tard. Mais je voulais parler de ce qu'a dit Cleo. Elle a rapporté que son père disait que la SAAM allait nous sauver des normies. Pourtant, lors de la réunion publique, Ramses de Nile a soutenu la proposition de Dracula de ne pas s'acoquiner avec cette société secrète, développa Rochelle, toujours perplexe. Ça ne colle pas.

— Tu as raison, approuva Venus. Pourquoi lui aurait-il dit une chose à laquelle il ne croit pas ?

— Quand on parle du loup ! Évidemment, ce n'est pas un loup, ni même un loup-garou, ce n'est qu'une façon de parler ! Bah, laissez tomber, et regardez ! voilà Dracula ! dit Robecca en montrant un stand de produits solaires de la marque *Jamais sans, toujours blanc.*

— Venez, allons voir si nous pouvons lui tirer les vers du nez, suggéra Venus, qui se dirigea vers le stand. Bien sûr, Rochelle, c'est encore une façon de parler.

— *Bouh-jour, monsieur* Dracula. Permettez-moi de vous féliciter pour votre ligne de produits solaires écran tombal. Étant faite de pierre, je n'en utilise pas moi-même, mais je recommande toujours d'appliquer une crème solaire. Surtout les goules qui ont la peau sensible, comme Venus, déclara Rochelle au vampire livide vêtu d'un costume de velours noir bien coupé.

— C'est vrai que les plantes ont la peau délicate. Elles ont besoin du soleil pour la photosynthèse, mais trop de soleil les fait flétrir,

expliqua Dracula, qui s'interrompit soudain, décontenancé par l'intensité du regard des trois goules qui le dévisageaient. Hum, c'est une de mes plus petites entreprises, mais elle rapporte. Que puis-je faire d'autre pour vous, les goules ? Vous vous interrogez à propos de vos futures carrières ?

— On s'interroge surtout à propos de la SAAM, répondit Rochelle tout à trac.

— Es-tu toujours obligée de te montrer aussi directe ? marmonna Venus à son amie.

— Oui. L'alinéa 6.9 du Code éthique des gargouilles stipule que la franchise sans détour en temps de crise est un facteur déterminant pour éviter lesdites crises.

— Écoutez voir, les goules, vous n'avez pas besoin de vous soucier de la SAAM, vos jolies petites têtes ne sont pas faites pour ça. Les adultes ont la situation en main, répondit Dracula d'un ton peu convaincant.

—Nos têtes sont certes très jolies, mais elles ne sont sûrement pas petites. Et vous savez comme nous que les adultes n'ont pas la situation en main. Juste au cas où vous auriez la mémoire courte, souvenez-vous que ce sont nos jolies petites têtes qui ont mis un terme aux chuchotements de *Mlle* Flapper, répliqua Rochelle avec force.

—Je suis navré. Je n'avais pas l'intention de me montrer condescendant ni de déconsidérer ce que vous avez accompli, les goules. Je voulais seulement vous rassurer. Vous n'êtes encore que des enfants, après tout, répondit Dracula en toute honnêteté.

—Voilà le topo : cela fait moins de vingt-quatre heures que Miss Flapper a parlé de la SAAM et tout le monde les considère déjà comme des sauveurs. Alors, si vous comptez les arrêter, vous avez intérêt à vous mettre au boulot, et vite, résuma Venus.

CHAPITRE huit

À l'heure où retentit la dernière sonnerie de la journée dans les couloirs et dans les classes de Monster High, la fièvre SAAM avait atteint son paroxysme. Les monstres marchaient plus vite, parlaient plus fort et, de manière générale, semblaient plus animés, comme ils se délectaient des dernières nouvelles.

— La SAAM, un nouvel espoir ! Visitez mon blog pour tout connaître du plan de la SAAM pour sauver Monster High de l'emprise des

normies ! déclama Spectra Vondergeist, la goule fantôme à la peau blanche qui flottait dans le couloir principal, ses chaînes cliquetant joliment contre ses boots mauves à lacets.

— Hep, vous, là-bas ! goule aux cheveux violets ! Pas crier dans couloir ! Règlement interdit ! grogna un troll dans un horroricain approximatif en agitant un doigt crasseux devant le visage de la blogueuse.

— Je n'ai pas le temps de m'occuper des règles. Je suis trop occupée à couvrir des faits historiques. Vous n'êtes pas au courant ? La SAAM va empêcher les normies de nous emmurer, répliqua Spectra avec verve sans ralentir sa course au-dessus des carreaux violets.

— *Bouh ! là là !* je n'en crois pas mes oreilles. Qui n'a pas le temps de s'occuper des règles ? Je n'ai jamais entendu une chose pareille, se récria Rochelle en regardant disparaître les mèches violettes de Spectra. Les règles, c'est ce qui structure une société ! Ce sont les piliers de la civilisation ! Les…

— Saperlipopette, Rochelle ! qui se soucie des règles ? l'interrompit Robecca.

— Moi, évidemment ! Ou je n'aurais pas dit ce que je viens de dire, répondit Rochelle, toujours littérale.

— Ça commence à devenir inquiétant, dit Venus, qui contemplait la nouvelle énergie presque hystérique de ses camarades.

— Un peu, mon neveu. Leur obsession pour la SAAM va me faire exploser tellement la pression monte, déclara Robecca en fronçant ses sourcils de cuivre.

— Tout ça ne me dit rien de bon. Nous avons prévenu Dracula, mais je ne suis pas sûre qu'il ait pris notre mise en garde au sérieux, répondit Venus.

— Je crois que *M.* Dracula a bien compris que l'engouement pour la SAAM allait croissant. Mais je ne suis pas certaine qu'il ait pris la

mesure de cette progression fulgurante. Je dois avouer que cela me surprend aussi, commenta la petite gargouille, alors qu'un vampire punaisait une affiche sur le mur.

— « S » comme Sauveurs. « A » comme en Avant ! « A » comme Avec nous ! « M » comme vive les Monstres ! lut Venus à haute voix. Si ce n'est pas de la propagande pour la SAAM, je veux bien être cueillie !

— Et voici la version musicale, ajouta Rochelle, montrant un démon d'Halloween qui sautillait gaiement dans le couloir.

— *LA SAAM va sauver notre école ! Vous ne tremblez plus, mes guiboles ! Merci à vous, Miss Flapper ! Grâce à vous nous ne connaîtrons plus la peur !* fredonna la frêle créature tandis que Cy rejoignait les trois goules.

— Hé, vous avez vu le blog de Spectra ? leur demanda-t-il d'un air consterné. Je ne sais pas quoi dire.

—*Moi non plus.* Mais c'est normal, je n'ai pas encore consulté son blog, lui répondit Rochelle.

—Spectra a réalisé un sondage, qui révèle que quatre-vingt-dix pour cent des monstres de Salem et quatre-vingt-treize pour cent des élèves de Monster High approuvent l'idée de faire appel à la SAAM pour stopper les normies, les informa le jeune cyclope.

—Bonté divine ! c'est complètement vaporisant, s'exclama Robecca avec anxiété, des nuages de fumée blanche lui sortant des narines.

—Pas la peine d'embrumer le couloir et de faire friser tout le monde, lui lança une voix angélique. Nous avons finalement trouvé des monstres capables de nous défendre.

—À ce qu'il paraît, répliqua Robecca d'un ton glacial, alors que Miss Flapper s'éloignait dans le couloir de sa démarche ondoyante, ses longues boucles rousses se balançant sur ses reins.

—Je me demande où elle va, s'interrogea Venus à haute voix.

—Elle a un rendez-vous avec l'agent spectral Mortimer et l'inspecpeur-chef Margoton Bô, répondit une voix flûtée.

—Sac à papier! d'où est-ce que vous sortez, toutes les deux? s'écria Robecca, découvrant Jinafire et Skelita, qui arrivaient derrière elle.

—Jinafire et moi aimons beaucoup suivre la *señorita* Flapper chaque fois que nous le pouvons. Elle est *muy interesante.* En outre, avec tout ce qu'il se passe, nous nous sentons plus en sécurité avec elle, expliqua Skelita en repoussant ses cheveux orange et noir par-dessus son épaule.

—Elle a un rendez-vous avec l'agent spectral Mortimer et l'inspecpeur-chef Bô, dites-vous? demanda Cy à la *calaca* stressxicaine et à la goule-dragon de Sanghai.

—C'est *zhun què*, exact, comme vous dites en horroricain, confirma Jinafire.

—Et vous savez pourquoi elle va les voir? s'enquit Venus.

—Pour faire campagne en faveur de la SAAM. Elle veut que nous les contactions au plus vite. Comme dit le proverbe de Sanghai, « lorsqu'il ne te reste qu'une seule chance, entretiens-la comme une flamme, car hors sa lumière point de salut », déclara gravement Jinafire, qui salua nos amis d'un bref hochement de tête et poursuivit sa route.

—*Adiós, chicos,* ajouta Skelita, emboîtant le pas à son amie.

—Ce proverbe ne me dit rien qui vaille. Entretenir la flamme de la SAAM n'est pas une brillante idée. *Bouh! là là, c'est la cata!* déclara Rochelle en secouant tristement la tête.

—On ne va pas rester là les bras croisés pendant que Miss Flapper milite pour la SAAM, déplora Venus avec une grimace.

—Je suis d'accord. Nous devons tenter d'entraver son action avant qu'il ne soit trop tard, appuya Cy.

C'est ainsi que ce soir-là, attablés devant des cordons noirs de poulet accompagnés de pommes de terreur sautées, nos quatre amis entreprirent une fois de plus de partager leurs inquiétudes avec Mlle Sue Nami.

— La SAAM ne se résume pas à ce qu'en a dit Miss Flapper. Ils croient en une hiérarchie des monstres. Ils pensent que certaines créatures sont supérieures à d'autres, lui exposa Venus, visiblement troublée par ses propres paroles.

— Comment savez-vous cela, entité scolaire ? gronda Mlle Sue Nami. Avez-vous eu personnellement à faire avec la SAAM ?

— *Mademoiselle*, on nous a raconté des choses…, commença à répondre Rochelle, qui fut rageusement interrompue par la femme aquatique.

— Des rumeurs ? Je n'ai pas le temps d'écouter des rumeurs. La ville entière est hystérique, pire que Clawdeen Wolf quand elle est de mauvais poil, et tout ça à cause de rumeurs. Ces histoires de normies sont montées à la tête de Salem. Tout le monde a le cerveau ramolli par la peur ! écuma le proviseur provisoire de Monster High.

— Mademoiselle Sue Nami, sans vouloir vous manquer de respect, vous devriez secouer l'eau de vos oreilles – au propre comme au figuré –, car il faut que vous nous écoutiez, ordonna Venus d'un ton péremptoire.

— Mes portugaises sont dessablées et je suis prête à vous entendre, répondit Mlle Sue Nami après avoir tiré sur les lobes de ses oreilles perpétuellement ridés.

— Avons-nous déjà guidé notre école sur la mauvaise voie ? Allons, songez à tout ce que nous avons fait pour Monster High. Nous

lui avons servi d'engrais comme à une jeune pousse pour lui permettre de se développer harmonieusement.

—Sommes-nous obligées d'être l'engrais dans cette analogie ? Pourquoi pas l'eau et le soleil ? Remarque, je n'ai rien contre l'engrais, mais ce n'est pas une chose à laquelle il est plaisant d'être comparée, surtout quand on sait avec quoi c'est fait, marmonna Robecca dans ses rivets, tandis que Rochelle se levait pour la faire taire.

—Attention à ce que tu dis, l'engrais est un sujet sensible pour une plante. Un peu comme si tu traitais son cousin préféré de mocheté. En d'autres termes, ce n'est pas très gentil, lui chuchota-t-elle à l'oreille.

—Oh, Rochelle, tu n'y es pas du tout ! L'engrais, c'est… Bah, laissez tomber, les goules… Je n'ai pas le temps de vous donner une leçon de jardinage maintenant ! se vexa Venus, qui revint à Mlle Sue Nami. Alors, qu'en dites-vous ? Allez-vous nous aider ?

— Entités scolaires, il est vrai que vous avez beaucoup fait pour cette école. Je suis mieux placée que quiconque pour le savoir. Mais, dans ce cas précis, je crois que vous n'avez pas suffisamment d'informations, en tout cas vous manquez de preuves. Et, compte tenu de toutes les folies auxquelles nous assistons ces derniers temps, je ne peux pas écarter ma seule chance de ramener tout le monde à la raison... Pas en me fondant sur des rumeurs.

— Mais..., tenta de répliquer Venus.

— Mais rien. Apportez-moi des preuves et je vous soutiendrai. Tant que vous n'en avez pas, j'ai les mains liées.

CHAPITRE neuf

— Comment appelleriez-vous un rabat-joie ? Pas Cool Raoul ? Aigrie Sophie ? Vénère Herbert ? Nom d'un petit bonhomme ! j'espère que tous les Raoul, Sophie et Herbert du monde ne le prendront pas mal, débita Robecca, bien au chaud sous ses draps, plus tard dans la soirée.

— Qu'est-ce que tu racontes, Robecca ? À moins qu'il ne s'agisse d'un monologue intérieur par association d'idées sur les prénoms ? demanda Venus.

— Si c'est le cas, je me permets d'ajouter Débile Sibylle et Grognon Marion à ta liste, ajouta Rochelle.

— Je me demande comment on arrive encore à mener une conversation, soupira Venus avec un sourire en levant les yeux au ciel.

— Bah, oubliez ça ! Tout ce que je voulais dire, c'est que je ne suis pas chaude pour ce plan. Même Penny a l'air inquiète, reprit Robecca.

— C'est son expression naturelle, cet air de désapprobation systématique. Un peu comme ma grand-tante Lilas et ma grand-mère Iris ; on peut les arroser autant qu'on veut, elles auront toujours soif ; quand on relève les stores, elles ont trop de soleil ; si on les baisse, elles n'en ont pas assez. Le genre de monstres qui n'est jamais content, dit Venus, allongée sur son lit dans son pyjama vert gazon.

—Je suis bien d'accord avec toi, Venus, Penny est une éternelle insatisfaite, mais je comprends aussi ce que veut dire Robecca. Ton plan ne m'inspire pas confiance, à moi non plus. Et toutes les gargouilles te diront qu'un mauvais plan est encore pire que pas de plan du tout.

—Les goules ! sortez la tête du sable ! La situation est catastrophique ! Nous devons frapper un grand coup ! Nous n'avons pas le choix ! s'anima Venus en gesticulant.

—Nous n'avons pas la tête dans le sable, comme tu peux le constater. Encore heureux, car un seul grain de sable pourrait causer beaucoup de dégâts dans les engrenages d'une créature mécanique comme Robecca.

—Rochelle ! la rabroua Venus.

—Mais tu sembles persuadée que c'est la seule action possible. Et, si j'ai appris une chose depuis mon arrivée à Monster High, c'est que je

dois faire confiance à mes amies, poursuivit la petite gargouille.

— Ouah, très impressionnant. Tu m'as fait monter les pollens au nez, puis tu as fait fondre mes vrilles, le tout en moins de trente secondes, répondit Venus, tout sourires.

— Les vrilles ne peuvent pas fondre, objecta Rochelle.

— Je sens que mes pollens remontent.

— Alors, c'est entendu, intervint Robecca, toujours préoccupée. Pendant le rassemblement demain, on investit la scène pour tenter de convaincre nos camarades de réviser leurs positions à propos de la SAAM, au moins jusqu'à ce qu'on en sache un peu plus sur eux.

— Exactement, approuva Venus.

— Et si ça ne marche pas ? persista Robecca.

— Dans ce cas, on prend nos racines à nos tiges et on détale comme des herbes folles pour échapper à Miss Flapper. Je suis bien sûre qu'elle

ne nous voudra pas du bien une fois qu'elle aura entendu ce que nous avons à dire, répliqua Venus.

Le lendemain, au fond de la classe de Catacombologie, Robecca, Rochelle, Venus et Cy étaient plongés en plein conciliabule. Ils prenaient soin, bien sûr, de parler à voix basse, mais leurs murmures incessants finirent par créer une sorte de bourdonnement parasite qui ne manqua pas d'attirer l'attention de leurs camarades, puis de leur professeur.

— Rochelle, je dois avouer que je suis très surpris de ton attitude. Des bavardages pendant un cours sur la sécurité ? Très malséant pour une gargouille ! la réprimanda M. Momie en secouant sa tête enveloppée de gaze, tandis qu'il tenait fermement des deux mains les pans de sa veste en tweed renforcée sur les coudes d'empiècements de cuir.

— Monsieur Momie, *je suis désolée.* J'ai honte de mon comportement. Mes ancêtres gargouilles en seraient horrifiés ! reconnut Rochelle, qui enfouit sa tête dans ses mains.

— C'est bon pour cette fois, mais que ça ne se reproduise pas, dit M. Momie, avant de reprendre son cours.

— Alors, vous voulez investir la scène pendant le rassemblement ? demanda Cy un peu plus tard à nos trois goules pendant qu'ils fouillaient les tunnels des catacombes à la recherche d'artefacts.

— Je sais que ça paraît plus dingue que de traverser le pays avec une chaudière en panne, mais c'est la seule idée que nous avons eue, répondit Robecca.

— Mais qu'est-ce qui vous fait croire qu'ils vont nous écouter ? s'étonna le jeune cyclope.

— Cy marque un point, admit Rochelle. Il n'y a aucune raison que nos camarades nous écoutent. Nous ne représentons pas l'autorité. Nous ne sommes ni des professeurs ni des administrateurs. Nous ne sommes que des élèves, comme eux.

— Oui, les mêmes élèves qui les ont sauvés des chuchotements de Miss Flapper, tout de même ! s'offusqua Venus, dont les vrilles se contractèrent.

— *Je t'en crie*, Venus, ce n'est pas le moment de souffler tes pollens.

— Je suis désolée. Je suis contrariée à l'idée que nos paroles risquent de tomber dans l'oreille d'un dur de la feuille, et même d'une assemblée de sourds, grogna Venus.

— Tout ce que nous pouvons faire, c'est rappeler à nos camarades que nous aimons Monster High et que c'est pour cette raison que nous demandons une enquête approfondie au sujet de la SAAM, dit Cy avec un long soupir.

—*Regardez*, une autre vieille clé, s'exclama Rochelle, brandissant un objet rouillé qu'elle venait d'extirper du sol.

—C'est peut-être la clé de l'endroit où le proviseur Santête et Wydowna sont retenues prisonnières… ou celle qui mènera à mon père…, balbutia Robecca à mi-voix pour elle-même.

Car elle avait beau faire, la fille mécanique ne pouvait pas s'empêcher de penser à son papa chaque fois qu'elle se trouvait dans les catacombes. C'était, après tout, le dernier lieu où il avait été vu.

—Nous les retrouverons, tous les trois. Je ne sais pas encore comment, mais je crois que nous pourrons nous passer de cette clé, répondit Rochelle, qui tendit la relique rouillée à Robecca avec un clin d'œil.

Élèves et professeurs étaient serrés les uns contre les autres dans le grand vampithéâtre décoré aux couleurs de l'Égypte lorsque l'inspecpeur-chef Margoton Bô, l'agent spectral Mortimer et Mlle Sue Nami y pénétrèrent. Ils descendirent l'allée centrale d'un pas résolu, visiblement conscients de tous les regards braqués sur eux.

— Bonjour à vous, entités scolaires, déclara la femme aquatique une fois qu'ils furent tous les trois sur l'estrade.

Assis au premier rang devant Mlle Sue Nami, Cy, Robecca, Rochelle et Venus s'agitaient nerveusement, attendant le moment de passer à l'action.

— Pourquoi est-ce que l'appréhension fait toujours grincer mes rivets et gripper mes rouages ? marmonna Robecca, et Rochelle lui posa une main apaisante sur la jambe pour la calmer.

— L'agent spectral Mortimer et l'inspecpeur-chef Margoton Bô sont ici aujourd'hui pour vous parler d'un nouveau programme qui débutera bientôt, poursuivit Mlle Sue Nami.

— Cédez-moi la place, grommela l'inspecpeur-chef, qui s'empara du micro. Nous sommes venus à Monster High vous annoncer le nom du représentant des élèves qui a été désigné pour accompagner Miss Flapper dans ses négociations avec la SAAM afin de requérir officiellement leur aide.

— C'est vous, les jeunes, qui représentez l'avenir, et il nous a semblé juste que l'un de vous prenne part à cette action, ajouta l'agent spectral Mortimer, debout, bras croisés sur son ventre proéminent.

Depuis le milieu des gradins, une échauffourée éclata soudain.

— Mais qu'est-ce que tu fabriques ? Assieds-toi ! Tu es en train de froisser ma jupe. Et ce n'est pas n'importe quelle jupe, c'est une Monatella Ghostier ! grogna Cleo d'une voix forte.

— Détends tes bandelettes, lady Gagaze, rétorqua Toralei. J'essaie juste de me montrer polie en me déplaçant vers l'allée pour ne pas piétiner tous ces monstres quand on appellera mon nom.

— Quoi encore ? s'énerva Venus. Il faut toujours que ces deux-là la ramènent.

— On devrait peut-être en profiter pour mettre notre plan à exécution ? suggéra Rochelle.

— Je crois qu'il vaut mieux attendre. Si Toralei a l'impression qu'on lui vole la vedette, on aura du mal à en placer une, fit remarquer Cy.

— *C'est vrai.* Elle a autant besoin de capter les regards que Venus de tout recycler, acquiesça Rochelle avec un hochement de tête.

— Entité scolaire Toralei, mugit Mlle Sue Nami, se tournant vers la foule. Je vous prie de vous rasseoir. Vous n'êtes pas le représentant des élèves désigné pour se joindre à Miss Flapper.

— Ha ! j'en étais sûre ! fanfaronna joyeusement Cleo, qui se mit à son tour à bousculer la rangée de monstres, tirant Toralei derrière elle. Inclinez-vous et faites place au sang bleu !

— Vous avez choisi cette momijaurée ? cracha Toralei. C'est tellement injuste que ça devrait être illégal !

— Rasseyez-vous, Cleo ! s'emporta Mlle Sue Nami, qui commençait à perdre patience.

Alors que les deux rivales regagnaient leurs places, l'inspecpeur-chef Margoton Bô sortit de sa poche une enveloppe, qu'elle entreprit d'ouvrir sans que son visage figé exprime la moindre émotion.

—Prêts, les goules et le gars ? demanda Venus aux trois autres tandis qu'elle se levait d'un bond et marchait vers l'estrade, Rochelle et Cy sur ses talons.

—Je n'en suis pas sûre, répondit Robecca, avant de s'apercevoir que les autres ne l'avaient pas attendue. Je suppose que ce n'était pas une vraie question, murmura-t-elle, en s'empressant de rattraper ses amis.

—Qu'est-ce que vous faites ? Ce n'est pas vous non plus qui avez été choisis ! gronda Mlle Sue Nami. Qu'est-ce qu'il vous prend, tous, aujourd'hui, entités scolaires ?

—Retournez immédiatement à vos places ! Je ne tolère pas l'insubordination ! les incendia l'inspecpeur-chef Margoton Bô.

—Malheureusement, madame, nous devons vous désobéir. Nous en sommes extrêmement contrits, mais les circonstances l'exigent, répliqua poliment Rochelle pendant que Venus s'emparait du micro.

—Veuillez lâcher ce micro ! ordonna l'agent spectral Mortimer d'un air exaspéré.

—Désolée, agent spectral Mortimer, mais je ne peux pas faire ça. Nous tenons beaucoup trop à notre école pour rester inactifs pendant que nous commettons tous la plus grosse erreur de notre vie, expliqua la goule végétale.

—Ou de notre non-vie selon les cas, ajouta Rochelle, qui songeait aux fantômes et autres créatures non vivantes dans le public.

—La SAAM n'est pas seulement ce que l'on nous en a dit…, tenta de poursuivre Venus, mais sa voix fut rapidement couverte.

—J'en ai plus qu'assez de ce comportement inacceptable ! hurla l'inspecpeur-chef à pleins poumons.

—Je suis d'accord ! Qu'on les évacue sans perdre une seconde ! la soutint Miss Flapper depuis les gradins.

— Pas si vite, Miss Flapper, résonna une voix masculine dans le vampithéâtre, répercutée par les murs violets.

Alors que la foule se retournait pour voir qui venait de parler, Venus se chargea de leur apporter la réponse.

— Dracula ! s'exclama-t-elle dans le micro.

— Papa ? Qu'est-ce que tu fais ici ? s'étonna Draculaura dans les gradins.

— Je suis venu mettre un terme à ce qui pouvait arriver de pire à la communauté des monstres. Et je ne suis pas tout seul, répondit Dracula, effectivement suivi de Mme Gorgon, M. Stein, M. et Mme Wolf, Mme Yelps et M. de Nile, qui se placèrent derrière lui.

CHAPITRE dix

— Nous sommes venus révéler un secret. Un secret que nous gardons depuis de longues années, annonça Dracula, qui était monté sur l'estrade en compagnie de tous les autres.

—Agent spectral Mortimer ? Allez-vous laisser des élèves, puis des parents d'élèves, prendre en otage votre rassemblement ? Leur attitude est inqualifiable ! l'apostropha Miss Flapper.

—Je comprends votre indignation, Miss Flapper, mais ces parents d'élèves sont des

membres respectés de notre communauté. Il me semble que la moindre des choses est de les écouter.

— Je vous remercie, agent spectral, reprit Dracula, tandis que Venus faisait signe à Robecca, Rochelle et Cy de regagner leurs places au premier rang. La SAAM est un acronyme formé des initiales de la Société ancestrale pour l'aristocratie des monstres, une confrérie qui considère que tous les monstres ne sont pas égaux. Ils estiment que les vampires, les momies et les fantômes issus de la noblesse constituent une classe dominante destinée à gouverner toutes les autres créatures.

Un silence de plomb s'abattit soudain sur le vampithéâtre, comme si tous les monstres dans les gradins étaient momentanément paralysés par ce qu'ils venaient d'entendre.

— Si je le sais, c'est parce que je faisais partie de la SAAM quand je vivais dans l'Ancien Monde, reprit Dracula. Mais, petit à petit, j'ai pris

conscience que tous les monstres naissaient libres et égaux, et le refus de notre groupe à ouvrir les yeux sur cette réalité m'est progressivement devenu insupportable. C'est ainsi que Ramses de Nile et moi-même avons quitté la SAAM. Nous avons émigré en Horrorique, où nous avons rencontré d'autres monstres qui partageaient nos idéaux. Ensemble, nous nous sommes battus sans répit pour protéger l'Horrorique et Salem de la SAAM.

» C'est dans ce dessein que nous avons fondé Monster High, poursuivit Dracula. Et par « nous » je veux dire tous ceux qui se tiennent devant vous sur cette estrade. Nous sommes la CMU, la Confrérie des monstres unis.

— Quoi ? s'exclama Deuce. C'est comme si je ne connaissais plus ma mère ! Elle fait partie d'une société secrète ?

— Pareil pour moi ! renchérit Frankie. Qu'est-ce que je vais apprendre ensuite ? Que mon nom de famille n'est pas réellement Stein ?

—Ne t'inquiète pas pour ça, notre nom de famille est bien Stein, la rassura son père, avant que Dracula reprenne la parole.

—L'un de nos membres est absent aujourd'hui, mais sa fille est assise dans ces gradins, et je souhaite honorer son nom. Il s'agit d'Hexiciah Steam.

—Que… que… ? bégaya Robecca en ouvrant de grands yeux, tandis que de la vapeur lui giclait des oreilles avec une pression encore inconnue de Rochelle et Venus.

—Nous devons également beaucoup à madame le proviseur Santête, qui nous a prêté main-forte pour créer cette école, ajouta M. Wolf. Après de longues années de travail en commun, je crois être en mesure de dire qu'elle n'approuverait pas de faire appel à la SAAM, quel que soit notre adversaire.

—La liste que nous avons trouvée dans le grenier ! C'était celle des membres de la Confrérie

des monstres unis ! s'écria Venus d'une voix perçante.

— Oui, mais Ramses de Nile n'y figurait pas, fit remarquer Rochelle en se caressant le menton d'un air perplexe.

— Ça devait être une erreur, répondit Venus, tandis que Miss Flapper bondissait de son siège pour rejoindre l'estrade.

— Excusez-moi, excusez-moi, mais je voudrais dire quelque chose. Je ne peux plus me taire, les interrompit-elle de sa voix toujours angélique.

— Je vous en prie, accepta poliment Dracula, qui lui céda le micro.

— Ce que nous venons d'apprendre sur la SAAM m'a fait l'effet d'un coup de massue, mais je n'ai pas changé d'avis. Entre vivre sous la loi d'une élite de monstres bien éduqués, ou dans une société certes égalitaire, mais où nous serons prisonniers derrière un mur, que préférez-vous ? Pour moi, le choix est vite fait.

Le vampithéâtre s'emplit de cris et d'éclats de voix tandis que le débat faisait rage entre les goules et les gars de Monster High. Rochelle, Cy et Venus observaient autour d'eux leurs camarades, qui parlaient de plus en plus fort. Quant à Robecca, toujours sous le choc, elle se leva et monta lentement sur l'estrade.

— Par la pipe du petit bonhomme en bois ! mon père faisait partie de votre confrérie ? Il vous a aidé à fonder Monster High ? demanda la goule mécanique à Dracula, M. et Mme Wolf, M. de Nile, Mme Yelps, M. Stein et Mme Gorgon.

— Ton père était un normie formidable, qui comprenait les monstres. C'était un grand homme et nous espérons tous le revoir un jour, répondit Dracula.

— Avez-vous une idée d'où il peut se trouver ? De ce qui a pu lui arriver ?

— Malheureusement, jeune goule, nous ne détenons aucune information sur l'endroit où se

trouve actuellement ton père, lâcha froidement Ramses de Nile.

— Ce qui ne veut pas dire que nous ne le reverrons jamais, ajouta plus gentiment Mme Gorgon en remettant en place ses grosses lunettes noires.

— Savez-vous ce qu'il faisait lorsqu'il a disparu dans les catacombes ? questionna Robecca, alors qu'une main de pierre se posait sur son épaule.

— *Ma chérie*, est-ce que ça va ? s'enquit Rochelle, qui venait de rejoindre son amie mécanique sur l'estrade, suivie de Venus et Cy.

— Oui, tout va bien, les assura Robecca avec un sourire. Ça va même plus que bien… c'est carrément extra ! J'apprends que mon père est encore plus bath que ce que je croyais !

— Ça, tu peux en être sûre, confirma Dracula. Et, pour répondre à ta dernière question, il avait rendez-vous avec Ramses dans les catacombes, mais n'est jamais venu.

— Je m'en suis d'abord offensé. On ne fait pas attendre un effaraon. Puis je me suis douté qu'il devait y avoir un gros problème. Je ne me trompais pas, précisa Ramses de Nile.

— Monsieur de Nile, puis-je vous poser une question personnelle ? intervint Venus.

— Bien sûr. Je sais que les goules s'intéressent aux dynasties royales.

— D'autres goules, peut-être, mais pas moi, clarifia la fille végétale, au grand déplaisir de l'effaraon. Ma question concerne votre position à l'égard de la SAAM. Vous y êtes bien opposé, n'est-ce pas ?

— Drôle de question ! Je suis un membre de la Confrérie des monstres unis ! s'offusqua Ramses de Nile.

— Pardonnez-moi, je ne voulais pas vous offenser. C'est juste que Cleo avait laissé entendre que vous souteniez la SAAM, se justifia Venus.

— Ma fille devait avoir de la gaze dans les oreilles. Je lui ai toujours dit que j'étais contre.

Elle a dû se méprendre, car les valeurs rétrogrades de la SAAM ont la faveur de sa tante Neferia, venue de l'Ancien Monde pour nous rendre visite.

— Eh bien, merci de m'avoir éclairée, dit Venus avec un sourire crispé.

Lorsque retentit la dernière sonnerie de la journée, tout Monster High pesait encore le pour et le contre entre la SAAM et les normies.

— La SAAM est en contradiction avec les idées fondatrices de Monster High, faisait valoir Draculaura avec force à un garçon momie tout débraillé dans le couloir.

— Oui, mais je n'ai pas envie de vivre en prison ! Je préfère encore la loi des vampires, des momies et des fantômes de la noblesse ! se récria le garçon.

— Facile à dire pour toi. Tu es une momie, intervint Lagoona, qui venait de les rejoindre.

— Et qu'est-ce que tu proposes, alors ? marmonna le garçon.

—C'est bien là que ça coince, mec. Je n'en sais rien. Tout ce que je sais, c'est que la SAAM sonnera le glas de tout ce en quoi je crois, répondit Lagoona.

—On dirait que rien n'est simple. Nous avons mis un frein à leur emballement pour la SAAM, mais voilà que tout le monde se dispute à présent, déplora Robecca alors que les trois goules regagnaient le dortoir.

—Quel choix de vie ? Monster High divisé ! annonça Spectra Vondergeist, flottant dans le couloir en sens inverse des trois goules. Pour les dernières infos, consultez mon blog !

—Je préfère encore voir nos camarades se quereller que soutenir la SAAM sans se poser de questions, confia Venus à ses amies dans l'escalier en mortifer forgé peint en rose menant au dortoir.

—En voilà une qui ne doit pas être de ton avis, chuchota Robecca en apercevant Miss Flapper qui les regardait depuis le palier.

— Est-ce qu'elle n'est pas en train de pleurer ? demanda Rochelle, alors que leur professeur se détournait et s'éloignait dans le couloir.

— On va en avoir le cœur net, décida Venus, qui accéléra l'allure pour gravir le reste des marches et rattrapa l'élégante femme-dragon européenne.

Prostrée contre le mur où elle sanglotait en silence, cette dernière ne releva même pas la tête quand nos trois goules l'approchèrent.

— *Mademoiselle* Flapper, nous sommes bien désolées de vous voir aussi chagrinée. Est-ce que tout va bien ? demanda Rochelle en lui tendant un foulard Diorreur rose dragée.

— Si tout va bien ? Non ! Tout va de mal en pis ! répondit Miss Flapper, qui accepta cependant le foulard pour essuyer ses larmes. L'agent spectral Mortimer et l'inspecpeur-chef Margoton Bô viennent de m'informer que Cleo et Toralei ont été enlevées par les normies alors qu'elles rentraient chez elles à la fin de la journée.

CHAPITRE onze

— *Je ne comprends pas.* Je croyais que des trolliciers escortaient les élèves quand ils rentraient chez eux, s'étonna Rochelle.

— Il semblerait que Cleo et Toralei leur ont faussé compagnie et alors…, répondit Miss Flapper dans un sanglot en secouant la tête.

— Et alors quoi ? la pressa Venus.

— Et alors des normies se sont emparés d'elles, murmura Miss Flapper.

— De qui tenez-vous cette information ? Quelqu'un est-il réellement en mesure de confirmer que Cleo et Toralei ont été enlevées par des normies ? insista la goule végétale.

— De Neferia, la tante de Cleo. Elle faisait des courses en ville quand elle a vu trois normies d'aspect menaçant se jeter sur les goules. Elle a bien tenté de les arrêter, mais elle était trop loin, expliqua Miss Flapper. Je me sens coupable. Si seulement j'avais pu convaincre l'agent spectral Mortimer de contacter la SAAM plus tôt dans la journée. Ce malheur ne serait peut-être pas arrivé.

— J'en doute fortement, répondit Venus d'une voix blanche.

— Le seul bon côté de la chose, c'est que Ramses de Nile a changé d'avis à propos de la SAAM. Il a vu la lumière. Il a compris que sans leur assistance il ne reverrait peut-être jamais sa fille, déclara Miss Flapper avec emphase. Et maintenant, si vous voulez bien m'excuser, je dois aller voir l'agent spectral Mortimer. Il faut lui faire entendre raison. Le temps nous est compté.

Assises sur le plancher de leur chambre avec leurs animaux de compagnie, nos trois goules passèrent à la moulinette l'information que leur avait fournie la femme-dragon.

— Elle a dit que Neferia, la tante de Cleo, les avait vu se faire enlever, répéta Venus.

— D'après mes souvenirs du *Gobelion's Club*, Neferia de Nile porte d'épaisses lunettes. Elle a peut-être pris des monstres pour des normies, proposa Robecca.

— Ou elle est de mèche avec la SAAM. Ramses a bien dit que sa sœur partageait leurs idées, se souvint Venus.

— *Bouh! là là!* Il faut que ça arrive juste au moment où nous avions convaincu tout le monde de ne pas considérer la SAAM comme la seule réponse à nos problèmes, se lamenta Rochelle.

— Je suis sûre que ce n'est pas un hasard. Réfléchissez : la crainte de nouveaux enlèvements est le meilleur moyen de ramener les monstres vers la SAAM, fit valoir Venus.

— Si seulement le maire des normies pouvait venir à Salem pour rassurer tout le monde, dit Robecca. Mais, avec la fermeture des frontières, c'est bien sûr impossible.

— Peut-être pas. Il doit y avoir moyen d'obtenir au moins une vidéo dans laquelle il déclare qu'ils n'ont pas l'intention de nous emmurer, répondit Venus en se mordillant les lèvres, signe qu'elle réfléchissait.

— Il est de mon devoir de vous rappeler que, même si les normies n'ont pas d'intentions agressives à notre égard, ils ne sont pas non plus forcément nos amis, fit remarquer Rochelle.

— Je sais bien que les normies ne sont pas dingues de nous, mais je vous parie que leur maire acceptera de tourner cette vidéo si on

lui explique la situation. Ne serait-ce que pour s'éviter de futures complications, spécula Venus.

— Reste le problème des frontières, dit Robecca, qui sourit aussitôt malicieusement. On pourrait creuser un tunnel !

— *C'est ridicule !* s'y opposa Rochelle tandis que Robecca se mettait à glousser.

— Et si on se déguisait en trolls ? Tout le monde les laisse aller où ils veulent.

— *Bouh ! là là*, Robecca. C'est encore plus absurde !

— Elle te fait marcher, Rochelle, lui expliqua Venus.

— Attendez, j'ai une idée, une idée sérieuse ! s'exclama la goule mécanique. Et si je nous faisais franchir la frontière par la voie aérienne grâce à mes bottes-fusées ?

— Si étonnant que cela puisse paraître, ça pourrait marcher, approuva Venus, tout excitée.

— *C'est vrai.* Ça pourrait marcher. Reste la possibilité que les trolliciers décident de la faire redescendre avec un arc et des flèches.

— J'ai changé d'avis et je retire officiellement ma proposition, se rétracta aussitôt Robecca.

— Quelle était ta première idée, déjà ? lui demanda Rochelle, qui se frottait le menton.

— Creuser un tunnel ? Je crois que ce serait vraiment trop long. De plus, sans l'aide de professionnels, il risquerait de s'effondrer et je n'ai pas besoin de rappeler à une gargouille quel danger cela représente, répondit Robecca.

— *Jamais de la vie !* Il est hors de question de creuser un tunnel ! Du moins sans plans précis et sans ouvriers qualifiés, se récria Rochelle, piquée au vif. Mais il est fort possible qu'il en existe déjà un que nous pourrions utiliser.

— Quoi ? Et comment se fait-il que tu n'en aies jamais parlé avant ? explosa Venus.

— Je peux me tromper. Mais j'étais en train de penser au père de Robecca…, commença à expliquer la petite gargouille.

— Tu pensais à mon père ?

— Oui, et à sa disparition dans les catacombes. Par association d'idées, je me suis dit que les catacombes dataient d'avant Monster High et la ville de Salem et qu'il était possible qu'il existe une galerie permettant d'accéder à la ville des normies, acheva Rochelle.

— Comment s'en assurer ? s'interrogea Venus.

— Quand il s'agit des catacombes, personne n'en sait plus long que M. Momie.

— Ne laissez pas vos enfants être leur cible demain ! Soutenez la SAAM aujourd'hui ! clamait Ramses de Nile, planté en compagnie de Mamatou de la Gouttière, le tuteur de

Toralei, devant l'entrée principale de Monster High.

—La SAAM m'aidera ! La SAAM vous aidera ! La SAAM nous aidera ! psalmodiait ce dernier.

—Ouah ! dit Venus à ses deux amies. Une manifestation de deux personnes.

—Et voici leur première supportrice, murmura Rochelle en voyant Miss Flapper franchir la porte de son pas gracieux pour rejoindre les deux hommes.

—Bravo ! Nous devons montrer à tout le monde que la SAAM est notre seule chance, les félicita-t-elle.

—Et maintenant, les supportrices de la première supportrice, ajouta Robecca comme Jinafire et Skelita s'empressaient derrière leur idole.

—Allez, les goules, direction la cafétorreur. C'est bientôt la fin du service pour le petit

déjeuner, dit Venus, qui se détourna du spectacle pour s'engager dans le couloir principal de Monster High.

Quelques heures plus tard, alors que nos trois goules approchaient de l'ascenseur aux moulures dorées menant aux catacombes, Rochelle reconnut une voix familière. Une voix qui avait fait monter des frissons le long de sa colonne vertébrale de granit dans le passé.

— Hé, Rochelle ! l'appela Deuce depuis l'autre bout du couloir.

— Salut, Deuce, tu tiens le coup ? demanda-t-elle gentiment au garçon aux lunettes noires.

— Cleo me manque vraiment beaucoup, répondit-il. Mais tu ne sais pas le plus dingue ? Je me suis tellement habitué à Toralei qu'elle aussi me manque un peu.

— Tu sais que Cleo et moi ne sommes pas sur la même longueur d'onde, et je ne parle carrément pas la même langue que Toralei, déclara Venus franchement. N'empêche que ça m'a fait tout drôle d'apprendre qu'elles avaient été enlevées.

— Et moi donc. Heureusement, je suis confiant, je suis sûr qu'elles nous seront bientôt rendues, répondit Deuce. Cleo et Toralei ne sont pas faciles à gérer, et ça prend quelquefois des proportions effaraonesques. Leurs ravisseurs ne tarderont pas à s'en rendre compte.

— Et la SAAM ? Tu crois qu'on devrait les appeler à la rescousse ? s'enquit Robecca.

— Je ne sais pas trop. Ma mère dit qu'ils seront notre perte, mais M. de Nile prétend qu'ils sont les seuls à pouvoir nous aider à ramener Cleo.

— Quelle heure est-il ? s'exclama soudain Robecca. Où est Penny ?

— Pour une fois, Robecca est pile dans les temps. Il est l'heure de nous rendre en

Catacombologie si nous voulons parler avec M. Momie avant le début du cours, décréta Rochelle.

— Mais que faites-vous de Penny ? Est-ce que je l'ai oubliée dans la queue du buffet à la cafétorreur une fois de plus ? Vous savez qu'elle déteste ça. Oh, mon Dieu, elle doit être en train de bombarder le cuistot de nourriture à l'heure qu'il est ! s'écria la goule mécanique, le visage déformé par l'inquiétude.

— Ne t'en fais pas, Penny est avec moi, intervint Cy, qui arrivait derrière eux, le pingouin bougon dans ses bras.

— Ah ! merci ! Regarde, Penny semble moins grognon que d'habitude ! Elle sourit presque ! s'émerveilla Robecca.

Après le trajet en ascenseur doré qui les conduisit dans les catacombes, les cinq amis pénétrèrent dans la classe de M. Momie, où ce dernier déballait ses affaires.

Deuce fut rapidement accaparé par Bruno Vaudou, terrifié que Frankie puisse être la prochaine cible des normies. Cy, Robecca et Venus s'installèrent au fond de la salle pendant que Rochelle allait droit au but.

—Monsieur Momie, je pourrais vous parler une minute avant le début du cours? demanda-t-elle au fringant professeur.

—Est-ce que c'est à propos de ton idée d'inclure une salle de premiers soins dans les catacombes? Parce que je n'ai pas encore eu le temps d'évoquer la question avec Mlle Sue Nami. Tu sais que Monster High a beaucoup de soucis en ce moment, répondit M. Momie, lèvres pincées.

—Je suis très impatiente qu'une salle de premiers soins soit installée dans les catacombes, mais c'est d'un autre sujet que je voudrais vous parler. C'est à propos des galeries. Savez-vous s'il en existe une qui s'étend sous la ville des normies?

— Pourquoi cette question, Rochelle ? s'étonna M. Momie en ouvrant de grands yeux.

— L'alinéa 56.8 du Code éthique des gargouilles stipule sans équivoque que les élèves ne doivent pas tromper leurs professeurs, aussi vais-je me montrer très franche avec vous.

— Je t'écoute, répondit M. Momie, qui fit signe à un autre élève qui tentait de s'approcher de rebrousser chemin.

— Robecca, Venus et moi ne croyons pas à la menace normie. Nous pensons que la SAAM est derrière tout ça. Et qu'ils ont inventé de toutes pièces cette histoire de normies pour nous infiltrer.

— Pardon ? demanda M. Momie, sous le choc.

— Ils essaient depuis longtemps de trouver une ouverture en Horrorique, et ils sont sur le point d'y parvenir. Une fois qu'ils auront mis un pied à l'intérieur, il sera très difficile de les empêcher d'étendre leur influence.

— Tu sais qu'il est très rare d'accuser une gargouille d'avoir trop de fantaisie, mais je crois que c'est ton cas et que tu te laisses emporter par une imagination fertile.

— Monsieur Momie, je peux vous assurer que vous vous trompez.

— Je n'aime pas beaucoup cette SAAM. Je n'adhère pas à l'idée qu'une élite de créatures doit concentrer tous les pouvoirs. Mais je ne crois pas une seule seconde qu'ils aient inventé cette histoire de normies. Au cas où tu l'aurais oublié, un parent d'élève a parlé à leur maire, a vu des plans du mur et même un monstrannuaire avec des photos encerclées.

— Ce mystérieux parent d'élève doit être leur complice, alors. C'est la seule explication logique, répondit Rochelle.

— Et tu continues..., soupira M. Momie en secouant la tête d'un air dépité.

Depuis le fond de la classe, Venus, Robecca et Cy observaient l'entretien.

—Je ne sais pas lire sur les lèvres, mais le langage corporel ne trompe pas. Rochelle est en train de faire couler l'affaire ; ça va être un fiasco total, chuchota Venus aux trois autres.

—Par ma chandelle verte ! je crois que tu as raison. M. Momie vient de lever les yeux au ciel, nota Robecca, tandis que de petites bouffées de vapeur lui sortaient des oreilles.

—Peut-on encore interrompre la mission ? demanda Cy.

—On va passer directement à l'opération de sauvetage. Sauvetage de notre plan, bien sûr, répondit Venus, qui traversa la classe à grandes enjambées assurées et prit Rochelle par les épaules.

—Venus, dit M. Momie d'un air excédé, ne me dis pas que tu crois toi aussi que la SAAM a monté de toutes pièces cette affaire de normies ? Quelle absurdité !

— Quoi ? Certainement pas ! C'est de la pure fiction ! Je vais vous dire, monsieur Momie, Rochelle devient paranoïaque avec tout ce qu'il se passe.

— *Que veux-tu dire… ?* s'offusqua la petite gargouille alors que la main de Venus se posait sur ses lèvres de pierre pour la faire taire.

— Je vous disais que Rochelle a perdu la notion des choses concrètes. Elle parle même de gagner la ville des normies par les galeries des catacombes, poursuivit Venus.

M. Momie agita la tête de plus belle, visiblement secoué par ce que venait de dire Venus.

— Des galeries qui n'existent même pas, j'en suis sûre, je me trompe ? le poussa-t-elle dans ses retranchements.

— Eh bien si, il se trouve qu'il existe bel et bien une galerie menant à la ville des normies, mais on l'a condamnée il y a très longtemps, répondit M. Momie avec réticence.

— Et où se trouve-t-elle exactement ? poursuivit Venus.

— Pourquoi me le demandes-tu ? voulut savoir le professeur, soupçonneux.

— Au cas où cette folle de petite gargouille nous fausserait compagnie, qu'on sache au moins où la chercher, expliqua Venus avec un petit sourire contraint.

— Notre cours va bientôt commencer, fit remarquer M. Momie en consultant sa montre.

— Je vous en prie, vous savez combien je tiens à cette goule. Je ne voudrais pas qu'il lui arrive malheur, implora Venus en désignant Rochelle.

— Très bien. Dans le couloir sud-est, juste après le portrait de Marie Tuerie, répondit M. Momie, qui s'empara ensuite de sa feuille d'appel.

— Merci, monsieur Momie, dit Venus en entraînant Rochelle, une main verte toujours fermement collée sur la bouche de la goule de granit.

— Mission accomplie, grâce à bibi, se rengorgea triomphalement Venus alors que les deux goules rejoignaient leurs amis.

— J'espère seulement que je ne vais pas contracter une infection bactérienne à cause de ta main. Je n'ai pas pu m'empêcher de noter qu'elle ne sentait pas le savon, ce qui n'est pas bon signe, répondit Rochelle tout en appliquant sur ses lèvres du gloss antibactérien, une spécialité de Scaris.

— Ce soir, nous ferons un raid en terre inconnue, en tous les cas nous tenterons le coup, déclara Venus à leurs amis visiblement nerveux, sans s'occuper de la phobie des germes de la petite gargouille. Ce ne sera pas facile mais, si nous y parvenons, nous sauverons Salem et Monster High.

— Et dans le cas contraire ? s'enquit Rochelle.

— Retour à la case départ. Ou nous croupirons dans une prison normie. Les deux sont

possibles à ce stade, répliqua Venus, toujours terre à terre.

Alors que les aiguilles de la pendule venaient de marquer minuit, Robecca, Rochelle, Cy et Venus s'engouffrèrent discrètement dans l'ascenseur orné de dorures menant aux catacombes.

— *Bouh ! là là !* S'aventurer dans les catacombes après minuit est vraiment contraire au règlement, se désola Rochelle à haute voix en pianotant de ses griffes contre sa joue de pierre.

— Nous sommes en guerre, au cas où tu ne l'aurais pas remarqué, rétorqua Venus. Et à la guerre, comme en amour, il n'y a plus de règles.

— *Je t'en crie*, Venus ! Tu es obligée de me dire ça ? Tu sais à quel point les règles sont importantes pour moi.

—On y est, dit Cy comme les portes de l'ascenseur coulissaient pour dévoiler les catacombes.

Sortant le premier, le jeune cyclope ouvrit le portail de mortifer forgé en forme de cœur, au-dessus duquel était suspendu un panneau recouvert d'écriture manuscrite : « Bienvenue dans les galeries nord des catacombes. Ici, loin de la lumière, au cœur des ténèbres, vous croiserez peut-être votre pire cauchemar. »

—M. Momie dit que le tunnel qui nous intéresse se trouve dans les galeries sud-est, juste après le portrait de la chimiste Marie Tuerie, les informa Venus.

Des torchères en mortifer forgé, des bas-reliefs de crânes et des portraits de personnages historiques ornaient les murs de pierre grise. Tous ces gens, d'Albert-Hans Stein (un ancêtre de Frankie) à Abraham Licorne, semblaient les suivre du regard tandis que nos

amis avançaient à pas prudents dans la galerie balayée de courants d'air.

— Cet endroit fait froid dans le dos, chuchota Robecca.

— Pas que dans le dos, objecta Rochelle. Le vent vient de toutes les directions à la fois. C'est très désorientant, et on risque de percuter des objets.

— Percuter des objets ? ou des gens, pourquoi pas… ? Ce ne serait pas trop bath si par le plus grand des hasards on tombait sur mon père ? murmura Robecca, les yeux brillants.

— L'alinéa 76.2 du Code éthique des gargouilles indique que le secret d'une longue amitié consiste à ne pas laisser un ami entretenir de faux espoirs. Il est donc de mon devoir de te dire qu'il est très improbable que nous tombions sur ton père.

— Marie Tuerie ! s'exclama Cy avec exaltation, avant de bifurquer dans l'embranchement puis de pousser aussitôt un cri de dépit.

— Quelle barbe ! Comment allons-nous faire pour franchir ça ? demanda Robecca, qui l'avait rejoint.

Un mur de planches pourries retenues par des tonnes de clous rouillés, sans oublier une épaisse chaîne métallique, obstruait l'entrée du tunnel. En un mot comme en cent : l'accès à la ville des normies était complètement bloqué.

— Quelle heure est-il ? s’écria Robecca, alors qu’elle émergeait du petit tas de débris qu’elle était en train de déblayer, ses paupières de cuivre luttant pour rester ouvertes après plusieurs heures de travail acharné à tenter de franchir l’obstacle.

— Robecca ! cesse de demander l’heure et donne-nous un coup de main ! répondit sèchement Venus.

—Il est 6 h 15 du matin, murmura Cy à la goule mécanique après s'être assuré que Venus ne l'entendait pas.

—Mes doigts sont tellement pleins d'échardes qu'on dirait des cactus. Et je viens d'arracher une racine, se lamenta Venus.

—Nous y sommes presque, *mes chéris*, les encouragea Rochelle en étouffant un bâillement.

—Presque, ça veut dire pas encore, grommela Venus, soufflant sur les mèches de cheveux roses qui lui retombaient dans les yeux.

—Les plantes sont toujours *très grognons* quand elles manquent de sommeil, chuchota la petite gargouille à Cy. *C'est terrible*, je veux dire pour nous…

—Je t'ai entendue, l'interrompit Venus dans un grognement tandis qu'elle tirait un morceau de bois, qui émit un drôle de craquement.

« Crrr… crrr… »

—Qu'est-ce que c'est que ça ? demanda Cy.

— Un animal ? Il paraît que les normies adorent les animaux de compagnie exotiques. L'un d'entre eux s'est peut-être échappé et s'est perdu ici ! débita Robecca à toute allure.

— Cela semble très improbable, même s'il est vrai que les normies affectionnent les animaux bizarres. J'ai lu un article à propos d'un homme qui avait un tigre dans son studio à New Beurk, déclara Rochelle, alors que Venus arrachait une autre planche.

— Ce n'est pas un animal, c'est le bois qui gémit, expliqua la goule végétale, quelques secondes avant que le mur commence à céder, une planche après l'autre.

— Bravo, Venus ! Bravo ! s'exclama Rochelle avec enthousiasme.

— Nom d'un petit bonhomme ! tu en as dans les biscoteaux, commenta Robecca.

— Que dire ? Mes vrilles sont plus solides qu'elles n'en ont l'air, répondit fièrement Venus.

— Mazette ! c'est qu'il fait sombre, là-dedans, soupira Robecca, qui avait suivi Cy dans la galerie noire comme l'intérieur d'un four.

— Heureusement, vous êtes en compagnie d'une gargouille, et les gargouilles ne sont jamais prises au dépourvu, déclara Rochelle, dégainant sa lampe torche.

— Sommes-nous certains que c'est le bon tunnel ? Celui qui mène à la ville des normies ? demanda Cy aux trois goules.

— C'est ce que nous a dit M. Momie…, répondit Venus, qui s'interrompit pour regarder nerveusement autour d'elle. J'espère qu'il sait de quoi il parle.

Les quatre amis avancèrent dans le tunnel obscur qui sentait le renfermé pendant ce qui leur parut des heures, mais le trajet ne dura en réalité que quarante-sept minutes.

— Aïe ! hurla Venus, qui venait de se cogner dans une des nombreuses chaises et torchères

en mortifer forgé abandonnées qui jonchaient le sol.

— *Regardez !* je vois quelque chose ! Des rais de lumière au-dessus de nous ! appela Rochelle.

— C'est une plaque d'égout, supposa Cy alors qu'ils levaient tous la tête.

— Une quoi ? demanda Robecca.

— Tu sais, ces trucs métalliques qu'on trouve dans les rues pour accéder aux canalisations et autres galeries souterraines qui s'étendent sous les villes. Comme les catacombes, expliqua le jeune cyclope.

— Comment allons-nous procéder ? demanda Venus. Allons-nous tous nous rendre dans la ville des normies ? ou un seul d'entre nous ?

— Un monstre pourra sans doute passer inaperçu dans les rues de la ville, mais quatre ? j'en doute. Mais il ne faut pas oublier que celui ou celle qui ira seul s'expose à de grands risques

car, même si les normies n'ont pas l'intention de nous emmurer, ils ne sont pas habitués à nous pour autant. La vue d'un monstre surgissant des égouts pourrait les effrayer, analysa Rochelle.

— Je vais y aller, déclara Cy.

— Pourquoi toi ? demanda Venus. Et ne nous réponds pas parce que tu es un garçon. Les goules ne sont pas plus faibles que les gars.

— Cela n'a rien à voir. Mais, toutes les trois, vous formez un trio, et je pense que vous avez besoin les unes des autres pour exprimer tous vos talents.

— C'est trop chou ! minauda Robecca, qui se mit à cracher de la vapeur.

— Il veut dire que nous sommes codépendantes, précisa Rochelle.

— Mais tu sais, Cy, on a aussi besoin de toi, conclut Robecca.

— Merci.

— Il est presque 7 h 30. Si tu dois y aller, c'est maintenant ou jamais, avant que les rues se remplissent, lui conseilla Rochelle.

— Ta mission est de chercher la mairie, récapitula Venus. Une fois que tu l'auras repérée, il te faudra trouver un moyen d'y entrer et de convaincre le maire de tourner une vidéo dans laquelle il déclarera que les normies n'ont pas l'intention de nous emmurer.

— J'ai un mauvais pressentiment ! Si le maire avait peur des monstres et qu'il jette Cy en prison ? Nous serons alors contraints de faire appel à la SAAM pour de bon ! couina Robecca.

— Il est vrai que les relations entre les monstres et les normies sont depuis toujours en dents de scie. Nous avons connu des périodes d'hostilité aussi bien que d'amitié, reconnut Rochelle.

— Eh bien, il ne reste plus qu'à espérer que nous soyons actuellement dans une de ces dernières, dit Cy, un peu inquiet, tandis qu'il

approchait une chaise sous la trappe d'accès.

La lumière du jour inonda soudain la galerie humide lorsque Cy déplaça la plaque d'égout pour se hisser lentement dans la rue.

— *Bonne chance!* lui souhaita Rochelle.

— Sois prudent ! lui lança Robecca comme Cy refermait la bouche d'égout et disparaissait dans la ville des normies.

— Mes vrilles sont tellement tendues que j'ai l'impression qu'elles vont se casser en deux, déclara Venus alors que les trois goules s'étaient assises par terre dans la pénombre de la galerie.

— Saperlotte ! depuis combien de temps est-il parti ? Une heure ? Deux heures ? Les normies l'ont sûrement mis en prison à l'heure qu'il est !

— Robecca, ça ne fait que huit minutes que Cy est parti, la rabroua Venus. Et cesse de parler de prison, s'il te plaît. Tu plombes l'ambiance.

—De quoi devrions-nous parler, alors ? Du maire ? Que savons-nous à son sujet ? Est-ce que c'est un brave homme ? Est-il jeune ? Est-il vieux ? Est-ce qu'il aime le karaoké ? Les monstres qui n'ont qu'un œil ? bredouilla Robecca.

—Nous ignorons tout de lui, sauf qu'il n'a jamais menacé de nous emmurer, lui répondit Rochelle.

—Et si on se trompait ? Si tout ce qu'a dit Miss Flapper était vrai ? Ils vont capturer Cy comme ils ont enlevé le proviseur Santête et Wydowna ! paniqua Robecca.

—Venus, *je t'en crie*, viens m'aider à tenir les mains de notre amie. Elle a besoin de faire baisser la pression.

Les minutes leur semblèrent des heures, et les heures des jours tandis que les trois goules attendaient le retour de Cy. Cela faisait

maintenant deux heures et treize minutes qu'il était parti, soit treize minutes de plus que ce que Venus ou Rochelle avait anticipé.

— Vous êtes sûres que les normies n'ont pas l'intention de nous emmurer ? demanda Robecca à ses amies.

— Pour la dernière fois, oui, lui répondit Venus, d'une voix pourtant légèrement hésitante.

— Tu en es vraiment certaine ? Parce qu'on ne dirait pas.

— Robecca, Venus en est aussi certaine que moi, c'est-à-dire à environ soixante-dix-huit pour cent.

— Quoi ? Pourquoi seulement soixante-dix-huit pour cent ? s'affola Robecca.

— J'en étais sûre à cent pour cent quand je suis entrée dans ce tunnel, mais le fait d'attendre dans le noir affaiblit mes capacités à penser clairement, confessa Rochelle.

— Pareil pour moi ! C'est comme une terrible torture. Encore pire que de voir quelqu'un jeter

une canette d'aluminium à la poubelle, renchérit Venus.

— Qu'est-ce que c'est que ça ? glapit Robecca. Une sirène ? Une ambulance ? La trollice ?

— Je n'entends rien du tout. Soit c'est ton imagination, soit je deviens sourde, répondit Venus.

— Taisez-vous un peu toutes les deux ! Quel que soit le sujet de conversation, je crois que c'est mauvais pour notre santé mentale, leur ordonna Rochelle au moment où le bruit de la plaque d'égout résonnait dans le tunnel.

— Cy est de retour ! s'exclama Robecca avec soulagement, avant de pousser un petit cri. À moins, bien sûr, que les normies lui aient fait subir un interrogatoire et que ce soit la trollice qui vienne nous arrêter pour intrusion !

— Intrusion ! Arrestation ! Voilà des mots qu'une gargouille n'aime pas entendre, s'inquiéta Rochelle.

Au même instant, une vive lumière se répandit dans la galerie, éblouissant nos trois goules. L'intensité des rayons du soleil leur laissa des points lumineux sur la rétine même après que Cy eut remis la plaque en place derrière lui.

— Ces points colorés qui dansent devant mes yeux sont épatants, mais c'est encore plus épatant de retrouver Cy ! s'exclama Robecca.

— Désolé, les goules, j'aurais dû vous prévenir de fermer les yeux, s'excusa le jeune cyclope.

— Nous sommes surtout contentes de te voir, dit Venus alors que les quatre amis reprenaient le chemin de Monster High. Et maintenant, raconte-nous tout ce qu'il s'est passé !

— Le maire Mazin est un type très sympathique, et très intelligent aussi, commença Cy.

— Est-ce la raison pour laquelle tu es resté si longtemps avec lui ? insista Venus.

— J'ai passé le plus clair de mon temps à chercher la mairie. Ce n'est pas évident d'arpenter les rues d'une ville de normies sans se faire remarquer avec un œil géant au milieu du front. J'ai rabattu la capuche de mon sweat-shirt pour cacher mon visage, mais je ne pouvais pas demander mon chemin, et j'ai marché longtemps avant de la trouver.

— Et qu'as-tu fait lorsque tu as enfin trouvé la mairie ? Tu es rentré et tu as dit : « *Bouh-jour*, je suis un monstre et je dois parler au maire » ? le questionna Rochelle.

— Pas vraiment, répondit Cy avec un gloussement. La secrétaire du maire est à peu près aussi aimable que l'inspecpeur-chef Margoton Bô quand elle a passé un moment avec Mlle Sue Nami.

— Comment as-tu pu voir le maire, alors ? voulut savoir Robecca.

— Je suis monté dans un arbre, et de là j'ai sauté sur le toit…

— Nom d'une pipe en bois ! qui aurait cru que notre Cy était l'Araignée ? s'exclama Robecca, tout excitée.

— J'ai failli m'écraser au sol en me laissant tomber sur le balcon du maire depuis le toit. Mais j'ai finalement réussi à m'introduire par la fenêtre et je me suis présenté, poursuivit Cy.

— Comment a-t-il réagi ? Un monstre qui s'introduit par sa fenêtre sans prévenir ? Cela a dû lui faire un choc, supposa Venus.

— Étonnamment bien. Il se trouve que ses parents l'ont envoyé dans un camp de vacances mixtes pour monstres et pour normies dans le nord de l'État de New Beurk quand il était adolescent. Il est donc plus à l'aise avec les monstres que la plupart des normies.

— À quoi est-ce qu'ils ressemblent ? Je n'ai jamais vu de normies de près, à part mon père, reconnut Robecca.

—Ils sont tout à fait présentables, sauf que… bah…

—Quoi ? le pressa Robecca.

—Leurs tenues vestimentaires sont ennuyeuses à mourir. Je n'ai jamais vu autant de kaki et de beige de toute ma vie. On dirait presque qu'ils ont peur des couleurs.

—C'est très intéressant de connaître leurs phobies en matière de mode, mais je dois te demander si tu as rempli ta mission. As-tu pu rapporter une vidéo ? le recentra Rochelle, toujours directe et pragmatique.

—Oui, je l'ai, répondit Cy avec aplomb, visiblement très fier de ce qu'il avait accompli.

—Du tonnerre ! hurla Robecca.

—*Merci bouh-coup !*

—C'est dit. Nous ne formons plus un trio, nous sommes dorénavant et officiellement un quatuor, le complimenta Venus avec une petite tape sur le bras.

—Merci, les goules ! s'écria le jeune cyclope, un sourire extatique éclairant son visage.

— Réveillez-vous, bandes de loirs ! se fâcha Mlle Hortimarmot alors que Cy, Venus, Rochelle et Robecca dodelinaient de la tête en cours de Lards ménagers.

Nos quatre amis étaient rentrés si tard à Monster High qu'ils n'avaient pas eu le temps de se changer, encore moins de dormir.

— J'ai déjà fort à faire avec ces deux-là, poursuivit Mlle Hortimarmot, ouvrant les

portes de son garde-manger où Rose et Blanche Van Sangre, recouvertes de miettes, roupillaient, au milieu de l'épicerie.

— Quelle heurrre est-il ? marmonna Rose en entrouvrant les yeux.

— L'heurrre de te rrrendorrrmirrr, répondit Blanche tout en gobant un gâteau sec. Che crrrois que nous avons trrrouvé le lieu parrrfait pourrr fairrre la sieste.

— Tu l'as dit. Mancher et dorrrmirrr à la fois… ça, c'est la vie, ajouta Rose d'une voix somnolente, avant de se remettre à ronfler.

Refermant le placard, Mlle Hortimarmot secoua la tête d'un air réprobateur en regardant nos quatre amis.

— *Bouh ! là là !* je suis *désolée*, madame ! Nous avons très peu dormi cette nuit. C'est pour cela que nous piquons du nez sur nos planches à découper, expliqua Rochelle à leur professeur, qui s'éloigna en marmonnant entre ses dents.

—Hé, les goules, lança Frankie à Robecca, Rochelle et Venus. Vous n'êtes peut-être pas au courant, mais j'ai dû annuler la réunion du Club des Goules de ce soir en raison de la veillée Griffes et Gaze.

—La quoi ? demanda Venus à Frankie.

—La veillée Griffes et Gaze en l'honneur de Toralei et Cleo, expliqua la goule électrique. Spectra l'a annoncée ce matin sur son blog. Le père de Cleo et le tuteur de Toralei ont apparemment lancé cette idée avec Miss Flapper. J'ai cru comprendre que l'agent spectral Mortimer et l'inspecpeur-chef Margoton Bô viendront présenter leurs hommages aux goules disparues.

—Mon père pense que c'est encore un coup de Miss Flapper afin de recueillir des soutiens en faveur de la SAAM, ce qui est sans doute la vérité. Mais j'irai de toute façon. Je ne suis pas très fan de Toralei, mais j'espère bien, comme tout le monde, qu'elles nous seront rendues toutes les deux, ajouta Draculaura.

—Est-ce que vous comptez y assister, les goules ? voulut savoir Frankie.

—On ne raterait ça pour rien au monde, répondit Venus.

—Ah bon ? s'étonna Robecca à haute voix, puis elle surprit le regard que lui lançait Rochelle. Je veux dire, bien sûr que non, on ne veut pas rater ça. C'est-à-dire, oui, nous viendrons.

La veillée Griffes et Gaze se tenait dans la salle d'étude, transformée pour l'occasion en lieu de pèlerinage consacré à Toralei et Cleo, dont les photos couvraient chaque centimètre carré de mur.

—Quel dommage que les momiaou ne soient pas là pour profiter de ce tribut ! Je suis certaine

qu'elles auraient adoré ça, elles qui aiment tant se regarder le nombril, fit remarquer Rochelle, contemplant le décor.

GRIFFES & GAZE

VEILLÉE

—Ça, c'est bien vrai, approuva Frankie en riant. Cleo m'a dit une fois que le plus beau cadeau d'anniversaire qu'on lui ait jamais fait était un miroir.

—Et Toralei m'a demandé de signer une pétition pour qu'elle soit désignée Meilleure Goule de Monster High… dans tous les domaines, ajouta Draculaura avec un sourire. On ne peut pas lui enlever ça, elle a toujours le mot pour rire.

—Cleo et Toralei sont toutes les deux des comiques. La semaine dernière, figurez-vous qu'elles m'ont proposé de me donner des leçons de natation. Elles se prennent pour de meilleures nageuses qu'une créature marine ! renchérit Lagoona, tout en se dirigeant avec ses deux amies vers les sièges disposés de l'autre côté de la salle.

— Saperlipopette ! suis-je la seule à trouver injuste que l'on organise une veillée Griffes et Gaze et pas une veillée Santête et Toile et Griffes et Gaze ? Après tout, Cleo et Toralei ne sont pas les seules victimes, confia Robecca à Cy, Venus et Rochelle.

— Tu as vraiment un cœur d'or, répondit Cy à sa goule préférée. La seule partie de toi qui ne soit pas en cuivre.

— D'un point de vue technique, je ne crois pas que Robecca possède un cœur, mais plutôt un..., commença Rochelle, interrompue par un coup de coude de Venus.

— Merci, Cy, répondit Robecca d'un air embarrassé. Et ton cœur à toi est encore plus

gros que ton œil… Euh… ça fait bizarre dit comme ça, mais c'était un compliment !

— Je sais, je sais, dit Cy en éclatant de rire. Tu n'as pas besoin de t'en faire avec moi. Je crois qu'on se comprend très bien.

— Regardez, voilà Miss Flapper accompagnée de Ramses de Nile et de Mamatou de la Gouttière. Je ne sais pas pour vous, mais je suis très impatiente de diffuser notre vidéo, déclara Venus, dont les vrilles s'agitaient par anticipation.

— On est tous dans le même terreau, répondit Cy avec un sourire fébrile.

La veillée Griffes et Gaze débuta par un discours de Ramses de Nile et Mamatou de la Gouttière exprimant leur crainte profonde que Cleo et Toralei ne leur soient jamais rendues parce que les monstres ne disposaient d'aucun moyen de lutte contre les normies. À la suite de quoi, comme de bien entendu, Miss Flapper

s'empara du micro pour faire une fois de plus l'apologie de la SAAM.

— La vie n'est pas toujours un long fleuve tranquille, et certaines situations nous forcent à faire des choix. Nous devons parfois trancher dans le vif et prendre des décisions difficiles. Pour assurer notre avenir, la SAAM est aujourd'hui notre seul recours. Le temps nous est compté. Je vous en prie, faites savoir à l'agent spectral Mortimer que vous avez décidé d'appeler la SAAM à la rescousse. Si vous vous y refusez, d'autres belles et jeunes goules comme ces deux absentes nous seront enlevées, clama Miss Flapper, qui appuya sur un bouton pour faire apparaître un écran. Je vous ai préparé un montage de nos plus beaux souvenirs de Cleo et Toralei.

Ce ne furent pourtant pas des images des deux goules qui s'affichèrent sur l'écran, mais celle d'un normie à l'air amical portant un costume, une cravate et une épaisse moustache.

— Qui est ce normie ? grinça l'inspecpeur-chef Margoton Bô.

— Bonjour à tous, je m'appelle Darren Mazin et je suis le maire de la ville voisine de Salem, se présenta l'homme comme en réponse à la question de l'inspecpeur-chef. Un jeune monstre est venu me voir aujourd'hui pour m'informer que le bruit courait que nous avions l'intention de bâtir un mur de séparation entre les normies et les monstres. Je suis donc ici pour vous affirmer que rien n'est plus éloigné de la vérité. Lors du dernier conseil municipal, nous avons même voté une motion proposant d'inviter nos voisins monstres à notre Festival d'Automne.

— Je ne comprends pas ! hurla l'inspecpeur-chef Margoton Bô, dont les yeux firent le tour de la salle d'étude avant de s'arrêter sur Ramses de Nile.

— Vous nous avez bien dit que vous aviez rencontré le maire normie ? Et que vous aviez vu des plans du mur ? ajouta l'agent spectral Mortimer, qui se rapprocha du père de Cleo, soudain embarrassé.

— J'appartiens à une dynastie royale ! Je suis un effaraon ! Je ne fais que protéger l'histoire de ma famille et mon héritage ! brailla-t-il pour sa défense.

— Mais n'êtes-vous pas membre de la Confrérie des monstres unis ? s'écria Robecca, debout au milieu de la foule.

— Je l'étais, mais ma sœur Neferia m'a convaincu que je me fourvoyais et que la SAAM avait raison. Nous devons perpétuer les traditions ! Nous ne pouvons pas laisser s'éteindre ce que nos ancêtres nous ont légué !

— Si mon père était là, je suis sûre que vos paroles le décevraient beaucoup, que *vous* le

décevriez terriblement, déclara Robecca du fond du cœur.

—Tu peux me croire, ton père me l'a déjà clairement fait comprendre, ricana Ramses de Nile.

—Il était au courant ? Est-ce pour cette raison qu'il n'est plus là ? Qu'avez-vous fait de lui ? glapit Robecca d'une voix stridente.

—C'est un scandale ! s'écria Miss Flapper, levant les bras au ciel.

—Oh, mets-la en sourdine, Sylphia ! Nous n'en serions pas là si tu avais mené à bien tes chuchotements comme cela était prévu, feula Mamatou de la Gouttière, comme un chat-garou en colère.

—Mais moi, au moins, je n'ai pas enlevé ma propre fille, rétorqua la femme-dragon, piquée au vif.

—Non, tu t'es contentée de notre ancienne recrue, que tu n'as pas réussi à garder sous ta coupe, grogna Ramses de Nile.

—Allons donc ! Wydowna s'amuse comme une petite folle dans l'ancien labyrinthe avec la

Santête et vos deux divas ! Elle n'a pas souffert une seule seconde !

— Madame et messieurs, laissez-moi tout d'abord vous remercier d'avoir mené les interrogatoires à ma place. Vous m'avez grandement facilité la tâche. Je vais maintenant devoir vous prier de m'accompagner en ville tous les trois, annonça l'agent spectral Mortimer, qui fit signe à ses trolliciers de menotter les trois comparses.

— Un effaraon en prison ? Jamais de la mort ! cria Ramses de Nile en prenant ses jambes à son cou, suivi de Miss Flapper et de Mamatou de la Gouttière.

— Eh bien, nous savons maintenant pourquoi il ne figurait pas sur la liste du grenier. Il ne se considérait plus comme un membre de la Société des monstres unis. Il avait regagné les rangs de la SAAM, dit Venus sur un ton réprobateur.

— Qu'a-t-il fait de mon père, à votre avis ? demanda Robecca d'une toute petite voix.

—Il est peut-être avec les autres dans l'ancien labyrinthe, suggéra Cy.

—Où se trouve cet ancien labyrinthe ? questionna Robecca. Je n'en ai jamais entendu parler.

—Sous le nouveau, gronda Mlle Sue Nami, avant de baisser piteusement la tête. Entités scolaires, je vous dois des excuses. Vous étiez dans le vrai... une fois de plus.

—Pas besoin de vous excuser, répondit Rochelle. Aidez-nous plutôt à retrouver le proviseur Santête et les autres.

—Et en parlant d'excuses, les interrompit Skelita, dont le visage noir et blanc ruisselait de larmes, *lo siento.* Je suis désolée. Nous ne savions pas. Nous pensions que la *señorita* Flapper était notre amie, notre mentor. Je la considérais comme une grande sœur...

—J'ai profondément honte de notre conduite, déclara Jinafire à son tour avec solennité, tête baissée afin de cacher qu'elle pleurait. Nous avons suivi

cette femme aveuglément, sans jamais nous poser de questions sur ses actions et ses motivations. Mais vous devez nous croire, les goules, nous n'avions pas la moindre idée de ce qu'elle manigançait.

— Nous le savons, *mes chéries*, leur répondit Rochelle avec douceur. *Mlle* Flapper est une femme très charismatique et sa garde-robe est impressionnante. Il est facile de tomber sous son charme, surtout si vous êtes nouvelle et que vous cherchez un guide.

— Comment peux-tu te montrer aussi compréhensive ? bredouilla Skelita, qui se tamponnait les yeux. Nous avons soutenu une femme qui voulait nuire à Monster High.

— Oui, mais vous ne le saviez pas, les goules, intervint Venus. En outre, vous n'êtes pas les seules à vous être laissé abuser par Miss Flapper. Elle a failli détruire Monster High avec ses chuchotements, et tout le monde à l'école lui a pourtant de nouveau accordé sa confiance !

— Autrement dit, pas la peine de vous vaporiser pour elle ! Nous savons que vous êtes de braves goules et que vous avez bon cœur, et, dans le fond, c'est tout ce qui compte, expliqua Robecca, offrant aux deux goules en détresse un grand sourire sincère.

— Entités scolaires, je suis au regret de devoir endiguer votre thérharpie de groupe, mais dois-je vous rappeler que le proviseur Santête et les autres goules sont toujours enfermées ? rugit Mlle Sue Nami, avant de s'ébrouer violemment de la tête aux pieds, aspergeant tout le monde.

— Notre aide vous serait-elle utile pour leur libération ? proposa Jinafire, qui releva la tête pour la première fois.

— Merci, mais je crois que nous avons les choses en main, répondit Robecca en se tournant vers ses fidèles amis.

CHAPITRE quatorze

Ce ne fut pas chose aisée de descendre dans l'ancien labyrinthe, condamné de longue date. Après plusieurs heures à chercher sans succès comment Miss Flapper, Mamatou de la Gouttière et Ramses de Nile avaient fait pour y accéder, nos amis décidèrent finalement de creuser un passage à l'aide d'une foreuse portative empruntée chez Gorauto.

— Funérailles ! vous ne craignez pas de percer au-dessus du proviseur Santête, de Wydowna,

Cleo ou Toralei ? s'inquiéta Robecca, la vapeur lui giclant par les oreilles.

— Entité scolaire, pour la dernière fois, ne m'adressez pas la parole pendant que je creuse, écuma Mlle Sue Nami, qui actionnait la lourde machine au beau milieu de l'un des nombreux couloirs du labyrinthe.

— *Mlle* Sue Nami m'a assurée que c'était sans danger, l'apaisa Rochelle. Et tu sais que la sécurité est toujours ma première préoccupation. Se pourrait-il que tu sois anxieuse à cause de ton père ?

— Mon père ? répéta Robecca.

— Oui, j'imagine que tu as peur de ne pas le trouver, s'expliqua Rochelle.

— C'est que, s'il n'est pas là, nous n'avons pas d'autres pistes où chercher maintenant que Miss Flapper, Ramses de Nile et Mamatou de la Gouttière ont regagné l'Ancien Monde. Je ne le reverrai peut-être jamais, se lamenta Robecca.

—L'agent spectral Mortimer a dit qu'il avait lancé deux de ses meilleurs trolliciers aux trousses de Miss Flapper, Ramses de Nile et Mamatou de la Gouttière. Je suis certaine qu'ils finiront par les arrêter, la rassura Venus tandis que Mlle Sue Nami faisait une pause pour s'ébrouer comme à sa vilaine habitude.

—Comment ça se présente, mademoiselle Sue Nami ? s'enquit Cy tout en essuyant les gouttes d'eau sur sa joue.

—J'y suis presque, répondit la femme aquatique, qui se remit au travail.

Et, en effet, quelques instants plus tard, ils descendaient tous par un trou encombré de racines dans un enchevêtrement de broussailles à l'abandon mêlant tiges mortes et vivantes.

—Voilà ce qui arrive lorsque les monstres oublient leurs devoirs terrestres et ne s'occupent pas de leurs plantes, déplora Venus d'un air réprobateur.

— Je m'inquiète de ce qui pourrait vivre dans ces buissons, dit Rochelle en balayant le sol du rayon de sa lampe torche. Des rats ? Des serpents ? Des créatures hybrides souterraines ?

— Des serrats ? ajouta Robecca.

— Pardon ?

— C'est le nom possible de ces créatures hybrides. Des serrats ! ou des rapents ! proposa la goule mécanique pleine d'enthousiasme.

— Entités scolaires, sans vouloir contrarier vos vocations de taxinomistes, sachez qu'il est biologiquement impossible que des serpents et des rats puissent se croiser. N'oubliez pas que les serpents mangent des rats au petit déjeuner, au déjeuner et au dîner. Il est cependant tout à fait possible

que des rats et des serpents aient élu domicile ici séparément.

— Cool, marmonna Venus ironiquement, tandis que Mlle Sue Nami repoussait les broussailles.

La femme aquatique s'engagea ensuite dans le dédale, suivie de nos trois goules, Cy fermant la marche. Tous n'espéraient qu'une chose : que Miss Flapper ait dit la vérité à propos de l'ancien labyrinthe et qu'il ne s'agissait pas d'une ruse pour les mettre sur la mauvaise voie.

— Saperlipopette ! j'ai un mauvais pressentiment. J'ai l'impression qu'il n'y a personne ici. Pas même de serpents, de rats ou de créatures hybrides ! gémit Robecca à l'intention de Cy.

— Mais où seraient-ils, alors ? objecta le jeune cyclope.

— C'est bien le problème. On n'en a pas la moindre idée, grogna Venus.

— Ne vous découragez pas, entités scolaires, rugit Mlle Sue Nami. Vous n'êtes pas arrivés jusque-là, vous n'avez pas bataillé aussi fort pour abandonner avant la fin de votre mission. Maintenant, soit nous baissons les bras, soit nous fouillons chaque recoin du vieux labyrinthe jusqu'à ce que nous soyons sûrs et certains que m'dame et les autres goules n'y sont pas.

— *Mlle* Sue Nami a raison. Nous nous sommes battus pour en arriver là et nous devons continuer jusqu'à ce qu'on les ait retrouvées et libérées, répondit Rochelle.

En dépit des échardes et des égratignures, toute l'équipe poursuivit donc sa difficile progression dans les buissons et les enchevêtrements de tiges rampantes.

— Clairière droit devant, gronda soudain Mlle Sue Nami.

Au milieu des broussailles desséchées et de la végétation envahissante se trouvait en effet une

zone circulaire de terre battue aux abords d'une vieille porte métallique cadenassée couverte d'humus, de feuilles mortes et de toiles d'araignées.

— On dirait que personne n'est passé par ici depuis des lustres, marmonna Venus en la découvrant.

— Je suis malheureusement d'accord avec toi, appuya Rochelle.

— Sac à papier ! quelle déconvenue ! s'écria Robecca, qui donna un coup de pied dans la porte, ses bottes de cuivre faisant tinter le métal.

— *Ma chérie*..., commença Rochelle, mais elle fut interrompue par un bruit sourd venant de l'autre côté de la porte.

— Est-ce que c'est mon imagination ? demanda Robecca d'une voix stridente en se retournant vers les autres.

— Non ! la détrompa Venus avec un cri de joie tandis qu'elle accourait. Robecca ? Si tu nous faisais un nettoyage vapeur express ?

—Avec grand plaisir, répondit la goule mécanique, dont les narines se dilatèrent pour libérer ses fumerolles.

Une fois le cadenas décrassé, Venus l'examina de près et tenta de l'ouvrir en y introduisant ses vrilles.

—Laisse-moi faire, dit Rochelle en essuyant ses griffes sur son tee-shirt.

Mais après plusieurs tentatives infructueuses, la petite gargouille poussa un soupir de frustration.

—*Zut!* je n'arrive à rien!

—Écartez-vous, entités scolaires, ordonna Mlle Sue Nami, qui se jeta de toutes ses forces contre la porte close.

Mais, même après le déferlement de la femme-vague, le cadenas était toujours en place.

—Je crois que j'ai une idée, déclara Cy. C'est tiré par les cheveux, mais on ne sait jamais.

— Vous voulez que je recommence ? proposa Mlle Sue Nami.

— Non, répondit Cy en se tournant vers Robecca. Qu'as-tu fait de cette clé que nous avions trouvée dans les catacombes ? Celle dont tu disais qu'elle mènerait peut-être à ton père.

Robecca dégagea la chaîne qu'elle portait sous son pull, au bout de laquelle était suspendue la vieille clé rouillée.

— Je la porte sur moi pour me rappeler de ne pas perdre espoir, expliqua-t-elle.

— Il y a très peu de chances que cette clé ouvre la porte, précisa Rochelle. J'espère néanmoins que nous ferons mentir les statistiques.

Robecca s'approcha du cadenas à pas lents et retira son pendentif.

— Pourvu que tu sois là, papa, murmura-t-elle en insérant la clé.

Jamais déclic d'une clé tournant dans une serrure ne leur avait paru aussi assourdissant.

—Je suis muette, murmura Rochelle alors que la lourde porte de métal s'entrouvrait.

—Ben là, j'en reste sur le pédoncule, mais c'est réellement épouvantastique, ajouta Venus avec un clin d'œil pour Robecca, qui pénétra la première dans l'espace ainsi dégagé.

Derrière la porte se trouvait une pièce minuscule mais douillette. La décoration évoquait l'intérieur de la bouteille d'un génie avec ses tentures de satin violet, ses gros coussins dorés et ses rideaux de perles suspendus au plafond.

—Oh, mon Râ, vous y avez mis le temps ! pesta Cleo en s'avançant vers eux dans un élégant fourreau de soie tissé à la main. Encore qu'on n'était pas si mal ici. Regardez la merveille que Wydowna m'a confectionnée. Je dois bien dire que cette goule a plus de talent que Monatella Ghostier et Calvin Crâne réunis.

—Je plussoie. Et on regrette d'avoir été horribles avec la goule-araignée. En fait, elle est

super cool. Pas autant que moi, bien sûr, mais ça, c'est impossible, ajouta Toralei, qui se pavanait à travers la pièce dans une robe en dentelle proprement monstrifique.

— Hum, je crois que tu t'égares, parce que je suis beaucoup plus cool que toi. Je suis de sang royal, au cas où tu l'aurais oublié.

— Ah ouais ? Et moi, je suis une it-goule.

— Pardon de vous interrompre, les goules, mais il y a quelqu'un d'autre, ici ? leur demanda Robecca, tordant ses mains de cuivre avec nervosité.

— Évidemment. Le proviseur Santête et Wydowna sont en train d'essayer de forcer la porte de l'autre côté, celle qui donne dans les catacombes, répondit Cleo.

— Wydy ? Heady ? revenez, les sauveteurs sont arrivés ! Et devinez qui c'est ! Les goules qui me tapaient sur les nerfs, la femme qui fait des vagues et le garçon qui n'a qu'un œil géant au milieu du front, appela Toralei dans l'autre pièce.

—Ouah, belles descriptions imagées que tu viens de faire de nous, commenta Venus en éclatant de rire.

—Wydy ? Heady ? répéta Rochelle.

—C'est ce que je viens de vous dire, on est devenues potes, expliqua Toralei.

—Je suis très heureuse de l'entendre, mais je t'encourage vivement à leur trouver d'autres surnoms. Je suis au regret de te signaler que Heady et Wydy ne sont pas très élégants, lui conseilla Rochelle.

Wydowna et le proviseur Santête, également vêtue d'une délicieuse tenue en soie d'araignée, pénétrèrent dans la pièce et se fendirent aussitôt de sourires jusqu'aux oreilles.

—Mes goules ! J'étais sûre que vous nous trouveriez ! s'exclama le proviseur Santête.

—Et moi, m'dame ? Vous ne pensiez pas que je vous trouverais ? se vexa Mlle Sue Nami.

— Pas vraiment, mais c'est parce que je savais que vous seriez trop occupée à faire tourner l'école, répondit le proviseur Santête avec diplomatie.

— Wydowna, tu tiens le coup ? demanda Cy en désignant Cleo et Toralei, toutes les deux en train de vérifier leur maquillage dans le miroir le plus proche.

— C'est drôle, tu sais, mais quand on les connaît on se rend compte qu'elles ne pensent pas la moitié de ce qu'elles disent. C'est plus facile pour se lier d'amitié, répondit la goule-araignée avec sincérité.

— Robecca chérie, ce n'est plus la peine de t'inquiéter, dit le proviseur Santête en voyant la mine sombre de la goule mécanique. Nous sommes toutes saines et sauves.

— Oui, mais il n'y a personne d'autre que vous ? demanda Robecca, les yeux soudain ruisselants de vapeur.

— Que veux-tu dire ? Tu veux parler de nos animaux de compagnie ? s'étonna Cleo.

Rochelle et Venus s'empressèrent d'entourer leur amie et de la serrer très fort dans leurs bras, essayant de tout leur cœur d'adoucir sa peine.

— On continuera à le chercher ! lui chuchota Venus à l'oreille. Jusqu'à ce qu'on le retrouve.

— Vraiment ? bredouilla Robecca.

— Vraiment. Souviens-toi que nous sommes comme les doigts de la main. Meilleures goules pour la vie, ajouta Rochelle.

— Ça oui, meilleures goules pour la vie, répéta Robecca en écho avec un sourire éclatant.

Royalement confuse et contrariée de la trahison de son paternel, d'abord à son égard mais aussi envers Monster High, Cleo prit la seule décision qui s'imposait : transformer son tombeau en dressing. Et même lorsque Ramses lui écrivit un papyrus pour s'excuser de ses égarements, promettant de revenir et d'assumer ses fautes auprès de ses anciens amis et partenaires de la Confrérie des monstres unis, elle poursuivit néanmoins ses travaux de rénovation.

Alors qu'elle emballait la collection apparemment inépuisable des costumes de gaze sur mesure de son père, Cleo tomba sur une boîte à secrets de forme hexagonale. Intriguée, elle entreprit immédiatement de manipuler l'étrange mécanique. Presque aussitôt, un des panneaux s'ouvrit, révélant la photo d'un normie, à laquelle était attachée une mince enveloppe bleue. L'enveloppe contenait une carte, qui au lieu d'indiquer l'emplacement d'un trésor menait à l'homme qui s'appelait… Hexiciah Steam.

Voyant là une chance de racheter les fautes de son père, mais également d'offrir à une amie l'espoir d'une réunion familiale, Cleo remit aussitôt la boîte entre les mains de Robecca, Rochelle et Venus…

Quand elle était petite, **Gitty Daneshvari** parlait tout le temps. Que ce soit pour harceler sa sœur à travers une porte fermée ou pour bombarder ses parents de questions quand ils essayaient de dormir, elle refusait de se taire jusqu'à ce qu'il ne reste plus personne pour l'écouter. Comme elle avait besoin de pouvoir exprimer ses pensées, Gitty s'est alors mise à l'écriture et n'a jamais cessé depuis. Elle est également l'auteur de la série jeunesse *L'École de la peur*.
Elle vit actuellement à New York avec son bouledogue anglais Harriet, une chienne qui adore la littérature. Et, oui, elle parle toujours trop.

Achevé d'imprimer le 8 octobre 2014